Was haben ein toter Nikolaus, der Vorsitzende des Kaninchenzüchtervereins und ein lispelndes spanisches Mähnenwunder gemeinsam? Ganz zu schweigen von einer geheimnisvollen Spionin und einem Seriendieb, der sich bevorzugt auf dem Meisenwalder Weihnachtsmarkt betätigt.

Diese Frage stellen sich nicht nur Dana und Guntram, während sie sich auf die jährliche Weihnachtsquadrille vorbereiten – die eine praktisch, der andere mental. Denn die eigentlichen Ermittlungen führt Pfridolin, Danas Pferd, das ihr nach eigener Ansicht intellektuell haushoch überlegen ist. Unterstützt wird der bescheidene Fast-Hengst von Tinker Faxe und einem spanischen Mähnenwunder, mit dessen Erziehung sich Pfridolin zusätzlich herumplagen muss. Ein neuer Meisenwaldkrimi aus der Feder von Hobby-Ermittler und -Literat Pfridolin Pferd. Mit dabei: die kleinkriminellen Minishetties und Pfridolins On-Off-Freundin Else.

Der Autor

Pfridolin Pferd ist ein Freizeitpferd, mit Betonung auf Freizeit. Wenn er nicht gerade schreibt oder ermittelt, schleppt er seine Besitzerin herum und bemüht sich um ein Liebesleben.

Weitere Bücher von Pfridolin Pferd:

Meisenwald-Krimis: Tod im Misthaufen · Tödlicher Tierarzttermin · Tödliche Traversale

Geschichten vom Pferd: … und ich dachte, Reiten kann man lernen · Immer noch keine Piaffe

Pfridolin Pferd

Tod auf der Stallgasse

Ein Pferdekrimi

Bibliografische Information der Deutschen Nationalbibliothek:

Die Deutsche Nationalbibliothek verzeichnet diese Publikation in der Deutschen Nationalbibliografie; detaillierte bibliografische Daten sind im Internet über http://dnb.dnb.de abrufbar.

Herstellung und Verlag: BoD – Books on Demand, Norderstedt
ISBN: 978-3-7543-2151-5

Für die Pferde und für die, die sie lieben!
Und für das beste Pony von allen.

Anmerkung: Dieses Buch ist ein Roman, und möglicherweise neigt Pfridolin darin zu Übertreibungen. Auch wenn es hie und da so scheinen mag, als wären Minishetties unkaputtbar und könnten alles essen – der Eindruck trügt. Minishetties können, genau wie alle anderen Ponies, Koliken und Hufrehe bekommen und sind beim Futter genauso empfindlich wie jedes größere Pferd, wenn nicht sogar noch empfindlicher. Was aber stimmt: Minishetties sind wahre Entfesselungskünstler, brauchen sehr spezielle Zäune und können ganz wunderbar abhauen. Also Obacht!

Die Hauptdarsteller:

Pfridolin	Der Star. Mit anderen Worten: ich. Von Beruf bin ich Freizeitpferd, mit Betonung auf Freizeit.
Faxe	Ein Tinker. Mein bester Freund, außer, wenn er andere Ideen hat als ich.
Else	Eine große, starke Stute, mit der mich eine dynamische On-Off-Beziehung verbindet. Oder eben nicht.
Lucero, genannt Lutschi	Das minderjährige spanische Mähnenwunder, das uns zugelaufen ist.
Companero	Das andere spanische Mähnenwunder, das schon länger hier wohnt. Gebürtig aus Wanne-Eickel.
Konrad	Sportskanone. Unser Totilas für Arme.
Blacky	Ein weißes Mini-Shetty mit kriminellen Neigungen.
Bella	Seine Freundin. Mit ähnlichen Interessen. Ebenfalls ein Mini-Shetty.
Blondie	Ein Schwarzwälder Fuchs. Das ist so ähnlich wie Haflinger, nur doppelt so viel.
Donnyboy	Deutsches Reitpony. Lieb und sportlich.
John-Boy	Der Senior. Stark an den Meedchen interessiert.

Stuti	Möglicherweise meine Ex-Freundin. Aus den Frauen wird man ja nie so richtig schlau.
Peppy	Rasant schicke Quarter-Horse-Stute mit schlechtem Geschmack, denn sie ist lieber mit Faxe zusammen als mit mir.
Ginger	Noch eine Quarter-Horse-Stute, die eine führende Rolle in der Weihnachtsquadrille spielt.

Auch wichtig:

Dana	Die Frau. Meine sogenannte Besitzerin.
Melanie	Faxes Besitzerin. Danas Freundin.
Felix	Melanies Freund. Ihm gehört die schöne Peppy.
Björn	Elses Besitzer. Von Haus aus Bestatter.
Erwin	Blondies Besitzer. Handwerker und besonders tierlieb.
Fenja	Sechzehn und mit einer rabenschwarzen Seele ausgestattet. Donnyboys Besitzerin.
Lissy Langhoff	Die sportliche Besitzerin vom Sportskanone Konrad.
Mike Kampmann	Hufschmied
Marie	Companeros Besitzerin
Ursel	Wirtin. Betreibt die Gaststätte „Bei Ursel". Ihr Hinterzimmer ist der Mittelpunkt des gesellschaftlichen Lebens in Meisenwald.
Erika	Erika gehört der Meisenwalder Supermarkt.

Und die Polizei:

Polizei-oberkommissar Guntram Fritz	Der Mann. Ist uns vor einiger Zeit zugelaufen und fühlt sich da anscheinend ganz wohl.
Polizeiobermeister Siggi Wollmeier	Rumpelstilzchen und er haben viel gemeinsam. Kann seinen Chef nicht leiden.
Polizeikommissarin Susanne Bremer	Guntrams Ex-Freundin. Kann ihren Chef nicht leiden, siehe oben.
Polizeikommissar-anwärter Jonas Schöller	Der ewige Azubi.

Die Leiche
Freitag, der 6.12.

„Wo ist eigentlich meine Mistgabel hin?", fragte Dana und sah sich suchend auf der Stallgasse um. An allen Boxentüren hingen kleine rote Filzbeutel, die mit Plätzchen und Pferdeleckerli gefüllt waren, denn es war Nikolaus.

„Wieso deine?", erkundigte sich Melanie, die gerade Faxes Box ausmistete.

„Na die, die ich immer benutze. Bei den normalen sind die Abstände zwischen den Zinken so groß, da fällt alles durch. Meine hat sechs Zinken, die eng beieinanderstehen. Das ist viel praktischer. Und die steht sonst immer hier."

„Ah, die Silogabel. Keine Ahnung, wo die ist", kommentierte Melanie, aber Dana hörte sie nicht mehr. Sie war mit dem Freudenschrei „HIER steckst du also!" hinter einen großen Strohballen gesprungen, der beim Einstreuen übriggeblieben war und nun den Putzplatz blockierte.

Dort steckte tatsächlich ihre Mistgabel. Beziehungsweise Silogabel.

Und zwar im Bauch einer Leiche, die mit einem Nikolauskostüm bekleidet war.

Dana wechselte die Gesichtsfarbe und wurde ohnmächtig.

Melanie wunderte sich über die plötzliche Stille und das dumpf polternde Geräusch. „Alles ok bei dir?" Als sie keine Antwort erhielt, ging sie nachsehen. Ihre Freundin lag bewusstlos auf dem Nikolaus, der schon deshalb nicht mehr am Leben sein konnte, weil ihm eine Mistgabel im Bauch stak. Aus der Nikolauskutte ragten Männerbeine in Jeans hervor. Das beruhigte Melanie etwas. Wenigstens ist es nicht der richtige Nikolaus, sondern nur ein verkleideter

Mensch, dachte sie. Dann atmete sie kurz durch, sammelte sich und stellte bei der Gelegenheit fest, dass sie a) einen robusten Magen und b) bessere Nerven als Dana hatte. Vorsichtig bewegte sie die Ohnmächtige von der Leiche herunter, zog den weißen Rauschebart zur Seite, musterte kurz das Gesicht des Toten („Hubert. War ja klar, dass das mit dir mal so enden würde.") und bettete Dana in eine stabile Seitenlage, bevor sie ihr Handy aus der Tasche zog und 112 wählte. „Und bitte zum Krankenwagen auch die Polizei, hier liegt nämlich eine Leiche!"

„Für Leichen sind wir nicht zuständig", quäkte es aus dem Handy.

„Sie lebt schon noch", erklärte Melanie, die Danas Atmung kontrolliert hatte.

„Gerade war's aber eine Leiche", war die misstrauische Antwort.

„Ja, schon auch."

„Wie *auch*? Man ist entweder tot oder nicht."

„Ich hab hier aber beides!"

„Sagen Sie mal, wollen Sie mich veraschen? Beides geht nicht. Ent-we-der tot o-der le-ben-dig", erklärte der Mann in der Leitstelle in seiner So-spreche-ich-mit-den-Dummen-Tonlage.

„Ich ha-be hier eine Lei-che und au-ßer-dem ei-ne be-wusst-lo-se Per-son", giftete Melanie ins Telefon.

„Ach so. Entschuldigung. Ogottogott, wie peinlich. Wo müssen wir denn hin?"

Melanie gab die Adresse des Petershofs durch und sah sich erst einmal gründlich um.

Was davor passierte:
Mittwoch, der 27.11.

Im Polizeirevier

„Männer, wir haben etwas Wichtiges zu besprechen!" Polizeioberkommissar Guntram Fritz sah sein Team mit festem Blick an.

„Wie wir endlich den Taschendieb fangen, der unser schönes Meisenwald seit Wochen terrorisiert?" Polizeiobermeister Siegfried Wollmeier guckte aufmüpfig zurück. „Wenn wir uns an meine ausgeklügelte Ermittlungs- und Überwachungsstrategie gehalten hätten, hätten wir den längst festgenommen." Was Wollmeier so erzürnte, war die Tatsache, dass in Meisenwald seit Wochen ein Taschendieb umging, der die Bevölkerung höchst erfolgreich um diverse Kleingegenstände erleichterte. Angefangen mit Portemonnaies und Handys, schreckte er auch vor Butterbroten und anderen Nahrungsmitteln nicht zurück und hatte Wollmeier sogar einen Frühstücksapfel gestohlen.

„Wollmeier, ihr Ehrgeiz in allen Ehren, aber den Einsatz der GSG 9 und der Anti-Terror-Einheiten hätte uns niemand genehmigt. Nein, ich spreche von unserer diesjährigen Weihnachtsfeier. Dafür habe ich mir etwas ganz Besonderes ausgedacht. Jonas, du brauchst gar nicht so zu gucken." Letzteres war an Jonas Schöller, den ewigen Azubi, gerichtet. Nach gefühlt endlosen Jahren auf der Polizeischule stand er nun kurz vor der Prüfung.

„Wir werden nämlich", fuhr Guntram Fritz fort, „gemeinsam mit der Meisenwalder Stadtverwaltung im Rathauskeller feiern."

„Nicht hier im Präsidium? Die Weihnachtsparties sind legendär!" Jonas war enttäuscht. Auch bei POM Wollmeier regte sich Unmut. „Im Meisenwalder Rathaus? Ausgerechnet!"

„Ich habe das im Interesse des verkehrssicheren Heimwegs so eingefädelt. Das Präsidium ist, wie wir alle wissen, in Hahnefeld – also zehn Kilometer von Meisenwald entfernt, wo, wie wir ebenfalls wissen, wir alle wohnen."

„So, Sie halten uns also für Alkoholiker, die ihr Verhalten nicht unter Kontrolle haben? Sauber. Ich mache jetzt einen Eintrag in mein Mobbing-Tagebuch", informierte Wollmeier seinen Vorgesetzten.

„Wenn es Ihnen Freude macht", erwiderte Guntram müde. Das schon immer schwierige Verhältnis zwischen ihm und Wollmeier hatte sich in der letzten Zeit nicht gerade verbessert. Wollmeier hatte seine sensible Seite entdeckt und fühlte sich immer dann gemobbt, wenn Guntram eine Entscheidung traf, die nicht in Wollmeiers Sinn war, angefangen vom falschen Einsatzort („Zu weit weg") über den falschen Zeitpunkt zum Zugriff („Jetzt grad nicht, ich wollte Pause machen") bis hin zur falschen Ermittlungstaktik („Gerade keine Lust auf Observieren").

Guntram räusperte sich. „Ach, noch was. Hätte ich fast vergessen. Wir ziehen um. Dienstlich. Und zwar" – er machte eine Pause, um die Spannung zu erhöhen – „nach Meisenwald. Weil die Kriminalität in Meisenwald so zugenommen hat, bekommen wir dort unsere eigene Polizeiwache. Die Räumlichkeiten befinden sich im Neubauviertel an der Meise und sind so gut wie bezugsfertig. Es müssen nur noch die Elektro-Installationen gemacht werden." Er sah in die langen Gesichter seiner beiden Zuhörer. Begeisterung sah anders aus.

„Ausgerechnet im Neubauviertel", meckerte Wollmeier. „Das liegt total ungünstig für mich! Und Geschäfte gibt's da auch keine!"

„Die brauchen Sie auch nicht, weil Sie da arbeiten und nicht einkaufen sollen."

„Und in der Mittagspause? Na? Was ist mit der Mittagspause? Und nach Feierabend? Sollen wir da an Unterernährung zugrunde gehen? Sie, ich sag Ihnen was: Der Dienstherr hat eine Fürsorgepflicht. Der muss sich darum kümmern, dass die Beamten vernünftig versorgt sind!"

Guntram wies darauf hin, dass Wollmeier wahrscheinlich nicht an Auszehrung zugrunde gehen würde und wandte sich Jonas zu, solange der untersetzte Polizeibeamte noch wütend schnaufte und nach weiteren Argumenten suchte.

Jonas vermeldete traurig: „Hier ist es doch viel schöner. Und die Kantine ist super."

„Und ordentliches Klopapier gibt es auch!", warf Wollmeier ein, der sich nach Dienstschluss gern mal eine Rolle davon mit nach Hause nahm - mit der Begründung „Ein Beamter ist immer im Dienst".

„Wir bekommen einen Sozialraum und können uns da selbst was kochen. Und Toiletten gibt's auch. Und Klopapier sowieso", erwiderte Guntram aufmunternd. Jonas und Wollmeier schienen nicht überzeugt, beließen es aber dabei.

Es klopfte. Guntram zuckte schuldbewusst zusammen. Noch etwas, das er *„vergessen"* hatte. „Komm rein, Susanne!"

Eine große, blonde Frau betrat den Raum. Als ihr Blick auf Guntram fiel, verzog sie das Gesicht.

„Darf ich vorstellen – Susanne Bremer, unsere neue Kollegin. Die Personalverwaltung hat uns Verstärkung bewilligt. Frau Bremer wird sich vorerst das Büro mit mir teilen, bis unsere neuen Räume in Meisenwald bezugsfertig sind. Leider", fügte er hinzu.

„Ich habe es mir auch nicht so ausgesucht", erwiderte

Susanne schlechtgelaunt. „Das war aber leider Gottes die einzige freie und noch dazu halbwegs gut bezahlte Stelle, die in Frage kam. Du könntest doch zu deinen Männern ziehen und ich nehme dein Büro, bis ich dich endgültig ablöse. Nur Spaß", erklärte sie wenig überzeugend.

„Meine Liebe, natürlich freue ich mich sehr, dass du uns unterstützen wirst. Auch wenn in der Vergangenheit zwischen uns nicht immer alles ideal gelaufen ist, bin ich davon überzeugt, dass wir gut zusammenarbeiten werden."

„Nicht immer alles ideal – so kann man es natürlich auch nennen, wenn einen der eigene Freund komplett aus seinem Leben streicht und vom Erdboden verschwindet." Susanne Bremer zog die Augenbrauen hoch. „Dein Optimismus in allen Ehren." Sie setzte sich an den freien Schreibtisch und zog alle Schubladen auf, um ihren Inhalt zu prüfen.

Jonas, der das Geschehen gebannt verfolgt hatte, flüsterte Guntram ins Ohr: „Das ist doch ihre Ex, oder, Chef?"

„Ja, zum Glück", flüsterte Guntram zurück.

„Ich kann dich hören, mein Schatz", kommentierte Susanne. *Und ich weiß auch, dass meine Nachfolgerin nichts von mir weiß, denn der gegenüber hast du behauptet, ich wäre „eine Freundin und gute Kollegin", und da hatten wir schon drei Jahre Beziehung hinter uns. Bis zu diesem finalen Telefongespräch, bei dem du mal wieder „rein zufällig" in diesem Reitstall aufgeschlagen bist. Die Welt ist sehr, sehr klein, und man begegnet sich immer zweimal. Mindestens. Also zieh dich schon mal warm an. Und deinen Job kannst du vergessen, das ist ab sofort meiner. Kein Scherz.*

„Jetzt, wo wir alles geklärt haben, können wir uns ja um unseren eigentlichen Job kümmern – Verbrecher fangen." Guntram rieb sich voller Vorfreude die Hände. „Komm, Jonas, wir fahren nach Meisenwald und kümmern uns um den Taschendieb. Wollmeier, Sie haben Telefondienst und kümmern sich um Susanne." Motivieren kann ich, dachte Guntram. Und jetzt nix wie weg hier.

***

Später auf dem Petershof

Die Spiegel in der Reithalle waren beschlagen. Acht Pferde trabten zum Klang von *Jingle Bells* paarweise nebeneinanderher. Die Reiter bemühten sich, die Pferde auf gleicher Höhe zu halten, ohne dass die sich angifteten oder sonst was anstellten. Es war ungewöhnlich kalt für November. Die Atemluft kondensierte zu kleinen oder größeren Wölkchen. Kiki Peters, die Reitlehrerin, stand warm eingepackt in der Bahnmitte und versuchte, aus dem Gewusel eine Weihnachtsquadrille zu formen. Ihren Eltern gehörte der Petershof. Sie nickte zufrieden. Bis jetzt waren noch alle am Leben, also insoweit Ziel erreicht.

Die Reiter guckten nicht ganz so entspannt, denn die Kälte und der Glöckchenklang, der aus den Lautsprechern drang, übten eine sonderbar belebende Wirkung auf die Pferde aus. Pferd Nummer Neun, ein Tinker, der allein den Abschluss der Abteilung bildete, hatte eine spontane Galoppeinlage eingelegt und setzte gerade zu einem Bocksprung an. Seine Reiterin verfiel in gotteslästerliches Fluchen, das man problemlos hinter der Glasscheibe des Reiterstübchens und wahrscheinlich auch noch in der nächsten Ortschaft hören konnte. Wer hätte gedacht, dass mein Kumpel Faxe solche Energiereserven hat. Es musste die Glöckchen-Musik sein, die ihn – und mich – langsam in den Wahnsinn trieb.

Bei mir kam allerdings noch mein unsäglicher Quadrillenpartner dazu. Von allen Nervensägen auf der Welt musste es ausgerechnet Konrad sein, der neben mir her trabte und mir meinen ohnehin schon ziemlich ausgefransten Geduldsfaden abknipste. Konrad, der

Sport-Crack und mein aktueller Lieblingsfeind. Kiki hatte uns zwangsverpartnert und jetzt nutzte er jede Gelegenheit, mir auf den Senkel zu gehen. Weshalb ich alles daran setzte, dass es nicht so blieb und aktiv unsere baldige Trennung betrieb.

„Und dann hab ich ihr vom letzten Turnier erzählt. Das war was anderes als das Dicke-Männer-Ballett hier", schwafelte die sportliche Hohlfritte gerade.

Ich schnaufte verärgert und versuchte, ihn zu beißen. Mist, daneben.

„Da sind wir nämlich nur so geschwebt. Wir alle. Ich konnte es natürlich am besten. Und dann hab ich ihr noch was vom letzten Turnier erzählt. Und dann hab ich ihr von den Pokalen erzählt, die ich schon gewonnen habe. Erst den einen, dann den anderen. Und dann noch ganz viele", machte er weiter und ich hasste ihn dafür, dass er gleichzeitig laufen und sprechen konnte. Aber er war noch nicht fertig: „Und dann hat sie mich angeguckt. Und dann hab ich ihr meine Muskeln gezeigt."

„Hast du ihr auch erzählt, dass die Stallkatze in deine Pokale gekotzt hat?", warf ich ein.

Konrad guckte konsterniert und blieb stehen. Ätsch.

„Weiterreiten, weiterreiten!", rief Kiki. „Immer schön gleichmäßig neben eurem Partner bleiben. Los, Konrad!" Der setzte sich widerstrebend in Bewegung. In der nächsten Ecke schnappte ich gleich noch mal nach ihm. Konrad quiekte empört und beschleunigte.

„Nein, nein, nein, nein, nein", rief Kiki. „In den Ecken geht das innere Pferd ein bisschen langsamer und das äußere Pferd ein bisschen schneller, so dass ihr immer Steigbügel an Steigbügel bleibt."

„Von wegen Steigbügel. Eher Knie an Knie. Aua", meckerte meine Reiterin. „Muss das so kuschelig eng sein, Lissy?"

„Wegen mir nicht. Ich weiß auch nicht, was die Pferde

heute haben", ächzte Elisabeth Langhof alias Lissy, Konrads Reiterin.

„Dann halt doch einfach mehr Abstand. Ich kann ja nicht ausweichen, weil neben mir die Bande ist."

Mit Bande ist übrigens die Holzumrandung innerhalb der Reithalle gemeint und keine kriminelle Vereinigung.

„Stimmt", stellte Lissy fest und lenkte Konrad etwas weiter ins Bahninnere.

Ich schloss mich versuchsweise an. Zum einen wollte ich Konrad in meiner Reichweite haben, falls weitere Züchtigungen erforderlich waren, zum anderen langweile ich mich schnell und bin immer für Abwechslung. Konrad wich immer weiter in Richtung des Bahninneren aus, aber mir konnte er nicht entkommen. „Schätzelein, wir bleiben schön zusammen. Heute ist Männerballett, ob du willst oder nicht." Herrlich, dieses kultivierte Reiten. Genau mein Ding.

***

Währenddessen in Meisenwald

Jonas Schöller traute seinen Augen nicht. „Gucken Sie mal, Chef! Da hinten!"

„Was? Wo?" Guntram drehte sich um und spähte mit zusammengekniffenen Augen in die Richtung, in die sein Azubi wies.

Sie waren auf der Parkstraße, dem Meisenwalder Hotspot für Dinge und Dienstleistungen, die käuflich zu erwerben waren, und standen zwischen Erikas Supermarkt und Wolles Getränkehandel. Erika hatte ihnen gerade einen Kaffee („Koffeinfrei, wegen der Gesundheit!") und ein Gespräch aufgenötigt, in dem sie beiden mitteilte, wie sicher sie sich dank der Polizeipräsenz fühle. „Und ganz ehrlich, bei mir im Laden ist noch nie was weggekommen.

Aber auf dem Parkplatz hat der Taschendieb schon zugeschlagen!"

Guntram und Jonas hatten überlegt, woran das wohl liegen könnte. „Vielleicht hält sich der Taschendieb nicht gern in geschlossenen Räumen auf? Das kann sogar krankhaft sein. Wie heißt das noch – Platzangst?"

„Mein Onkel Karl hatte das auch mal", überlegte Erika. „Immer vor Familienfeiern. Sonst nie."

„Komisch", meinte Guntram. „Aber vielleicht ist das ein Ermittlungsansatz. Wenn wir ein Persönlichkeitsprofil des Täters erstellen, kommt das auf jeden Fall mit rein."

„Ist das dieses Profeiling? Das ist ja wie im Fernsehen", freute sich Erika und sprach das neudeutsche Wort gekonnt aus. „Noch einen Kaffee?"

„Ja, unser Azubi hier" - Jonas reckte sich stolz – „lernt sowas an der Polizeischule."

Jonas, der selten im Mittelpunkt stand, fühlte sich verpflichtet, etwas klarzustellen: „Polizeischule heißt es eigentlich auch nicht mehr, sondern Hochschule für Polizei und öffentliche Verwaltung. Und da bin ich kein Azubi, sondern Student. Und gleichzeitig Kommissar-Anwärter. Und Profiler heißt es auch nicht, sondern Fallanalytiker." Er beeilte sich hinzuzufügen: „Obwohl der Chef sonst natürlich mit allem recht hat!"

„Ja genau", bestätigte Guntram, an dem diese linguistischen Informationen weitgehend abprallten. „Also der Jonas studiert das sehr erfolgreich und lernt eben auch Profeiler, was uns allen noch sehr nutzen wird. Vor allem bei einem Serientäter wie dem hier."

Und genau in diesem Augenblick hatte Jonas das rätselhafte Objekt erspäht, auf das er seinen Chef hinwies. „Da, sehen Sie? Gleich neben dem Schuhgeschäft! Sieht aus wie ein kleiner Yeti!"

„Vielleicht ein verkleidetes Kind?", überlegte Guntram. Das Objekt bewegte sich. Sein kriminalistischer Instinkt wies ihn darauf hin, dass das Objekt auf vier Beinen lief. *Aber so große Hunde gibt's doch gar nicht, oder?*

Mittlerweile knabberte das Objekt an einem Deko-Weihnachtsbaum.

„Jonas, wir müssen jetzt sehr stark sein. Ich glaube, das ist ein Pony."

„Mein Onkel Karl hat auch manchmal Tiere gesehen. Bei dem waren das aber mehr so rosa Elefanten", erinnerte sich Erika, die die Kaffeebecher wieder einsammelte.

Guntram wischte diese Unterstellung mit einer Handbewegung beiseite. „Guck mal, Erika, das da links ist der Kopf."

Die Supermarktbesitzerin blinzelte. „Seh ich nicht."

Auch Jonas konnte seinem Chef nicht folgen. „Sie haben ja Adleraugen! Ich kann da nur einen Mini-Yeti erkennen. Oder einen sehr, sehr großen Hund." Wer Profiler werden will, muss sich auch eingestehen, dass es keine Yetis gibt. Da war Jonas ganz Profi.

Der sehr, sehr große Hund naschte weiter Tannenzweige und sah nachdenklich in Jonas' Richtung.

Jonas guckte mindestens genauso nachdenklich zurück. „Fressen Hunde eigentlich Tannenzweige?"

„Eher nicht, Jonas", meinte Guntram und zog sich den Gürtel aus, nicht ohne Erika und Jonas vorher über seine Absichten aufgeklärt zu haben. Prompt kam seine Hose ins Rutschen. Er hielt den Hosenbund mit einer Hand fest und dozierte: „Mit Handschellen kann man so ein Pony nicht dingfest machen, wisst ihr? Kommst du mit, Jonas? Deine Aufgabe ist es, ihm den Fluchtweg zu versperren."

Blacky sah auf. *Immer wird man beim Essen gestört!* Das weiße Minishetty rupfte noch ein paar Tannenzweige ab, für unterwegs. Ansonsten war es zufrieden mit sich und dem Tag. Da Blacky ein freier Geist war, hielt er nicht viel von Boxentüren, Weidezäunen oder ähnlichen Hindernissen und wusste sie geschickt zu überwinden. Sein eigentliches Zuhause war der neben dem Petershof gelegene Bauernhof, auf dem ihn allerdings nicht viel hielt. Viel lieber war er auf dem Petershof, wo seine Freundin Bella wohnte und – ein nicht zu unterschätzender Vorteil – die Tür zur Futterkammer leichtgängig war. Und genau dorthin machte er sich nun auf den Weg. Für die beiden Polizisten, die ihn einfangen wollten, hatte er nur einen mitleidigen Blick übrig.

„Jonas, pass auf! Du musst mehr nach rechts…. Nee, nach links." Guntram hatte schnell festgestellt, dass mit rutschender Hose keine schnellere Gangart möglich war und sich zünftig auf die Nase gelegt, wobei ihm die Hose bis zu den Knöcheln gerutscht war. Erika bestaunte seine Boxershorts, fand sie modern und aufregend und half ihm hoch. „Alles in Ordnung?", fragte sie. Die Kaffeebecher hatte sie in den Taschen ihres geblümten Kittels verstaut.

„Ja danke. Ich muss irgendwo ausgerutscht sein. Auf Kopfsteinpflaster passiert das schnell", wehrte Guntram ihre Fürsorge ab und zog sich schnell die Hose wieder hoch. Danach hatte er sich darauf verlegt, Jonas herumzuscheuchen. *Der Junge muss ja schließlich was lernen.* „Nun lauf doch schneller! Schade. Fast hättest du ihn gehabt."

„Das ist ja wie beim Dienstsport", keuchte Jonas. „Ich krieg ihn einfach nicht, er ist zu fix!"

„Wobei mir das Gesicht des Verdächtigen bekannt vorkommt. Schätze, den sehe ich heute Abend noch mal", orakelte Guntram. „Lass uns weitergehen, Meisenwald braucht unseren Schutz."

Blacky sah sich zufrieden um. War gar nicht so anstrengend gewesen. Zufrieden schlenderte er zum Petershof.

Wenig später auf dem Petershof

„Hömma, Perle! Du biss ja n doller Brummer. So rund, wiede biss, bisse zum Anbeißen! Somma ma auf Trallafitti, wir zwei Hübschen?"[1]   Companero, der spanische Schimmel mit der Wallemähne, hatte beschlossen, nicht mehr zu lispeln und statt des falschen spanischen Akzents auf den Slang seiner Heimatstadt Wanne-Eickel zurückzugreifen. Seit der Lutschi, das minderjährige spanische Mähnenwunder, das sich die Frau, meine sogenannte Besitzerin, in einem Anfall geistiger Umnachtung zugelegt hatte, mit seinem echten spanischen Akzent auffiel und somit Companeros exotisches Alleinstellungmerkmal weggefallen war, sah er seine Felle davonschwimmen und beschloss, die holde Weiblichkeit fürderhin mit der kernigen Arbeitersprache des Ruhrgebiets zu beeindrucken. Dann, so sein Gedanke, würden ihm die Frauenherzen nur zu zufliegen. Oder, um es mit seinen eigenen Worten zu sagen: Bisken wat Dolles musse draufhaben, woll.

Seine Quadrillenpartnerin Else sah das anders und schnaubte indigniert. „Frechheit! Ich bin nicht dick!"

Björn und Marie, die auf Else beziehungsweise Companero saßen, zuckten mit den Schultern. Keine Ahnung, was die Pferde wieder haben, sollte das wohl heißen.

Währenddessen waren Konrad und ich immer noch auf Abwegen und fast bei Kiki in der Bahnmitte angekommen. Ich lächelte sie freundlich an.

Unsere Reitlehrerin wusste das allerdings nicht zu

---

1 Hör mal, Schnucki! Du bist ja eine beeindruckende Erscheinung. So rund, wie du bist, bist du zum Anbeißen! Sollen wir zwei Hübschen mal zusammen weggehen und Spaß haben?

würdigen, sondern schlug die Hände über dem Kopf zusammen. „Dana, Lissy – was soll das denn werden?"

Unsere Reiterinnen holten tief Luft und schüttelten die Köpfe, als ich wieder versuchte, Konrad zu zwicken. Der Kerl ging mir sowas von auf den Geist. Nicht nur, dass er mir die Mädels abspenstig machte, wo er nur konnte. Nein, er hatte auch so eine dummdreiste Art an sich, dass ich fast augenblicklich Plack bekam, wenn ich nur seine blöde Angeberstimme hörte. Tja, was sollte das werden? Wenn es nach mir ging, Körperverletzung mit Todesfolge. Oder meinetwegen nur Körperverletzung.

Dana und Lissy konnten Kikis Frage jedenfalls nicht zufriedenstellend beantworten. Wir bekamen alle einen Abriss, der sich gewaschen hatte, und begaben uns mit hängenden Köpfen wieder auf unsere Ausgangsposition. Zum Glück teilten wir uns jetzt in zwei Abteilungen auf und gingen auf zwei Zirkel – Konrad auf den einen, ich auf den anderen. Bei X begegneten wir uns regelmäßig und es gelang mir mehrmals, ihn harmlos-ungeschickt von seiner Zirkellinie zu schubsen. Natürlich gab Dana Lissy die Schuld an unseren merkwürdigen Reitmanövern, was von meiner Seite aus durchaus akzeptabel war. Noch lieber wäre es mir gewesen, wenn einzig und allein Konrad schuld an allem gewesen wäre. Einschließlich des Ozonlochs und der Erderwärmung. Aber man kann eben nicht alles haben. Jetzt wechselte Konrads Abteilung die Hand, so dass Konrad wieder neben mir her trabte. Zu ewiger Zwangszweisamkeit verdammt, gingen wir auf die Mittellinie, wo wir neckische Volten nach rechts und links drehten. Bis von hinten eine große, starke und extrem schlecht gelaunte Stute angewalzt kam, die wild bockend alle Lücken zwischen uns ausnutzte und ihren Reiter um ein Haar in den Hallensand setzte. Else. Meine Boxennachbarin, mit der mich eine dynamische On-Off-Beziehung verbindet. Im Moment allerdings mit mehr Off als On. Ihre Augen rollten böse und ich bedauerte es, dass unsere Reithalle nur zwanzig mal vierzig Meter maß. Ich hätte gern mehr Abstand zwischen uns gebracht.

„Wie kannst du nur?", schnaubte sie wütend.

„Iiiiiich?" antworteten Konrad und ich wie aus einem Mund.

Wie eine große, dicke Rachegöttin sah sie mich an. „Ich spreche mit IHM", erwiderte sie verächtlich.

Konrad sah nicht so aus, als würde er sich darüber freuen.

„Ah, gut. Das ist wahrscheinlich gut", antwortete ich, bevor meine Beine eigendynamisch den Rückwärtsgang einlegten. Von weitem hörte ich, wie Else sich bei Konrad darüber beschwerte, dass er sie mit „diesem unverschämten spanischen Vollpfosten" alleine gelassen hätte. Meine Reiterin hatte sich mittlerweile von ihrem Schreck erholt und versuchte, Einfluss auf meine Bewegungsrichtung zu nehmen, aber dafür war ich noch nicht bereit. Erst, als ich noch ein ganzes Stück weiter gegangen war, nahm ich wieder Kontakt zur sogenannten Besitzerin auf.

Die nuschelte irgendwas von „zu Tode blamiert" und „immer diese Eigendynamik". Ihre Aufzählung gipfelte in einem untypisch leisen „Mistvieh, elendiges". Das mochte aber auch damit etwas zu tun haben, dass Kiki neben uns stand und mit einem weißen Tuch wedelte. „Tut mir nichts!", rief sie. „Wir wollten eine Weihnachtsquadrille einstudieren und keinen Psycho-Thriller! Alle gehen jetzt WIEDER MAL zurück auf ihre Position und dann hören wir uns *Jingle Bells* zum fünfundzwanzigsten Mal an! Während wir in zwei Abteilungen ganze Bahn gehen und durch die ganze Bahn wechseln!! Mit Kreuzen!!!"

Diese Ankündigung trug wenig zur allgemeinen Beruhigung bei. Kiki musste den besorgten Reiterinnen und Reitern ganz genau erklären, wer sich wann wo aufzuhalten hätte, damit es zu keinen weiteren

Zwischenfällen käme. Mit diesem ominösen „Kreuzen" ist nämlich gemeint, dass man versetzt durcheinander durchreitet. Also quasi. „Wenn es klappt, sieht es sehr schön aus", sagte Kiki. Bei uns hat es aber noch nicht geklappt.

Im Hintergrund hörte ich Else mit Konrad diskutieren. Ach nein, diskutieren ist das, wo der andere auch mal was sagen darf. Das durfte Konrad nicht.

„Und wehe, sowas passiert noch mal!"

Konrad schüttelte den Kopf.

„Dann ist aber was los! Und glaub mir, das willst du nicht erleben!"

Konrad schüttelte wieder den Kopf.

„Weil dann nämlich … was will Blacky schon wieder hier?"

Konrad schüttelte den Kopf.

„Jetzt guck doch, Blödmann. Was will Blacky hier?"

In der Bahnmitte wälzte sich ein weißes Minishetty. Blacky hatte sich in der Futterkammer gestärkt, seine Freundin Bella besucht und zur Abrundung des Tages die Reithalle aufgesucht.

„Sich wälzen, glaube ich", stotterte Konrad.

„Wenn du erlaubst, meine liebe Else", übernahm ich Konrads Gesprächspart. „Unser Freund Blacky hat offensichtlich den Wunsch nach einem erquickenden Bad im Hallensand und unserer Gesellschaft. Und wer will es ihm verdenken?"

Blacky schielte mich verärgert an und brachte sich mit seinem rätselhaften Slang ins Gespräch ein. Nur wenige Vokabeln waren verständlich. Darunter „wälzen", „Blödmann" und „Riesenhirsch".

„Man versteht ihn nicht, aber niedlich ist er schon", konstatierte Else.

„Ich glaube, er mag die Musik nicht", riet Konrad.

„Willkommen im Club", antwortete ich.

Kiki hatte es aufgegeben, für Ordnung sorgen zu wollen. Sie schnappte sich Blacky und drückte ihn einem der Zuschauer in die Hand, verbunden mit dem Auftrag, Blacky wieder zuhause auf dem Nachbarhof abzuliefern.

Bei uns anderen war währenddessen Ruhe eingekehrt, weil wir Blacky und seine neuesten Aktivitäten beobachten wollten. Blacky war sowas wie der Evil Genius des Petershofs. Gemeinsam mit Bella, einem hellbraunen Minishetty mit trügerischem Bambi-Blick, war er für alle Arten von Kleinkriminalität zuständig. Wobei die ehrgeizigen Zwerge nach Höherem strebten und sich dem organisierten Verbrechen anschließen wollten. Bisher hatte es allerdings nur für das unorganisierte Verbrechen gereicht und der große Coup, der alles ändern sollte, ließ auf sich warten.

Der Einzige, der sich bisher nicht gerührt hatte, war Blondie, der Schwarzwälder Fuchs. Blondie hatte für gewöhnlich die Ruhe weg. Das Einzige, was den stämmigen Wallach auf Touren brachte, war ein zünftiger Galopp im Gelände (immer) und die Stimme seines Besitzers Erwin (manchmal). Ebendieser Erwin forderte Blondie nun auf, doch mal in die Gänge zu kommen, schließlich hätte er heute Abend noch was vor. Blondie schnaubte unmotiviert und sah fragend zu Faxe, der ebenfalls nicht zu Energieverschwendung neigte und dessen Lieblingsbeschäftigung sich am besten mit „motiviert rumstehen" umschreiben lässt. Faxe schnaubte nachdenklich. Aber vielleicht war er auch nur neidisch auf Blacky.

Allmählich lösten sich unsere Reiter aus ihrer faszinierten Starre und erinnerten sich daran, dass sie aus einem bestimmten Grund in der Halle waren.

„Wollt ihr eine Weihnachtsquadrille reiten?", fragte Kiki motivierend. „Eine, wie sie die Welt noch nicht gesehen hat?" *Und da seid ihr ganz nah dran, denn so ein Chaos wie hier gibt es kein zweites Mal.* „Höre ich da ein Ja?"

Ein unsicheres Brummen und Räuspern hob an. „Ich werte das als Ja. Und wenn ihr eure zuckersüßen Wichtelkostüme anhabt, seht ihr so dermaßen niedlich aus, dass euch die Zuschauer allein schon deshalb lieben werden."

„Muss es wirklich ein Wichtelkostüm sein?", fragte Björn, von Haus aus Bestatter und Mitglied der Tafelrunde, der Selbsthilfegruppe der reitenden Männer am Petershof. Felix, der Reiter der schönen Peppy, äußerte ebenfalls Unmut: „Ich bin Westernreiter, ich mach doch hier nicht den Weihnachtself!" Auch Erwin wollte wissen, ob das Wichtelkostüm obligatorisch sei. Er denke da alternativ an eine Springquadrille mit brennenden Fackeln. Kiki lehnte hastig ab, da sie den heimischen Hof eigentlich nicht abgefackelt sehen wollte. Auch nicht durch die reitenden Männer, die an und für sich Seltenheitswert besaßen und gehegt und gepflegt werden mussten, wie Erwin argumentierte. Björn fand die Idee eigentlich auch schön und hakte nach: „Wirklich nicht?"

„Wirklich nicht." Kiki blieb eisern.

Guntram hatte sich nach einem entspannten Arbeitstag, in dessen Verlauf er mit Jonas weiterhin kaffeetrinkend durch Meisenwald geschlendert war und ihn auf mögliche Schlupfwinkel des Taschendiebs aufmerksam gemacht hatte, ebenfalls auf dem Petershof eingefunden, um seine Freundin Dana zu besuchen, seinen vierbeinigen Kumpel Faxe, an dem er eine Reitbeteiligung hatte, zu begrüßen und - ganz wichtig - sich mental auf den Feierabend vorzubereiten. Womit er eigentlich nicht gerechnet hatte, war Blacky, der seinen menschlichen Begleiter in Rekordgeschwindigkeit abgehängt hatte und nun alleine auf dem Parkplatz herumstrolchte. Guntram zog ihm eine Warnweste an, damit er in der Dunkelheit nicht verlorenging. Mehr, so fand er, konnte er im Moment nicht für das Minishetty tun. Blacky hatte ohnehin mehr von einer autarken Terroreinheit an sich als von einem zugewandten Kuscheltier. Nun stand Guntram in der Reithalle und beobachtete interessiert, wie Kiki die Reiterinnen und Reiter motiviert und gut gelaunt wieder auf ihre Positionen dirigierte und noch die ein oder andere Quadrillenfigur reiten ließ. Sogar das in Dauerschleife dudelnde *Jingle Bells* wurde irgendwann durch ein anderes Lied ersetzt.

Später auf der Stallgasse war Ruhe eingekehrt. Wir standen in unseren Boxen und malmten unser Abendheu. Konrad und Else hatten sich ausgesprochen, das heißt, Konrad durfte auch mal was sagen. Bei dem Drama in der Reithalle war es darum gegangen, dass er angeblich lieber neben mir in der Quadrille lief als neben Else, die ihn anscheinend gerade als ihren Privatbesitz betrachtete. Stuten sind so. Ich persönlich hätte ihm den Anschiss und die darauffolgende Trennung gegönnt, aber auf rätselhafte Art hatte sich das Blatt gewendet und Else den merkbefreiten Dressurkünstler wieder in ihr großes, dickes Herz geschlossen. Versteh einer die Frauen. Companero kommentierte pragmatisch: „Mein lieber Scholli. Wenn die Else so am rummoppern is, krich ich die Pimpernellen. Lieber schnapp ich mir n Happen als dass ich mit der Tussi rummachen tu."[2]

Dana wuselte bei offener Boxentür um mich herum, was mich nicht großartig störte. Hauptsache, ich war Sattel und Trense los, das stört nämlich beim Essen. Während ich mich gewissenhaft um mein Heu kümmerte, kratzte sie mit dem Massagestriegel an meinem Rücken herum. Das kann ich übrigens nur weiterempfehlen. Wie oft juckt es einen während der Mahlzeiten, da ist gutes Personal

2 Mein lieber Schwan! Wenn die Else so rummeckert, geht mir das ganz schön auf den Geist. Lieber esse ich einen Happen als dass ich mich mit der Zicke näher einlasse.

wichtig.

Guntram stand auf der Stallgasse und sah uns zu.

„Und wie wars?" erkundigte er sich bei seiner Freundin.

„Arschkalt, aber das weißt du ja. Erwin ist verrückt, der wollte mit brennenden Fackeln reiten. Außerdem wollten er und Björn spontan eine Springquadrille einstudieren. Kiki war dagegen. Dann wollten die beiden ein alternatives Programm auf die Beine stellen, bis ihnen gottseidank eingefallen ist, dass ihr Springcoach gerade im Knast sitzt." Der Springcoach war Sven, Kikis Bruder, der aufgrund seiner Verwicklung in einen Todesfall[3] inhaftiert war und sich in der JVA nach allem, was man so hörte, ein angenehmes Leben machte. „Endlich Zeit zum Lesen", war sein Kommentar gewesen. Außerdem flirtete er heftig mit der Anstaltspsychologin, was wohl auf Gegenseitigkeit beruhte. Von daher fiel der Springunterricht auf dem Petershof bis auf weiteres aus, was zumindest Dana nicht störte. Sie war keine Freundin des Springreitens. Jedenfalls nicht, solange die Hindernisse höher als fünfzig Zentimeter waren.

„So eine Springquadrille wäre natürlich topp", bedauerte Guntram. Dana verdrehte die Augen. Warum geriet sie immer an die Verrückten? Das war mal wieder typisch für sie. Bevor sie diesen Gedanken weiter vertiefen konnte, fiel ihr Blick auf meine Füße. Sie warf sich ins Stroh, um besser sehen zu können.

Ich MAG es, wenn mir die Frauen zu Füßen liegen.

„Wie sehen denn deine Hufe aus?", quietschte sie. Ich senkte den Blick. Schön wie immer, aber ein bisschen zu lang. Weil jemand, dessen Namen wir jetzt nicht nennen wollen, vergessen hat, rechtzeitig einen Termin beim Hufschmied zu machen. „Morgen ruf ich direkt den Schmied an, Hase!"

---

3 Pfridolin Pferd, *Tödliche Traversale*

Hase nennt sie mich. Das muss man sich mal vorstellen. Der Lutschi, der seit neuestem bei uns wohnt, grinste albern.

„Jetzt mal ganz ruhig, mein doofer langhaariger Freund", wies ich ihn zurecht.

„Nicht den süßen Lutschi angiften", barmte die Frau. „Böser Pfridolin!"

Vom Hasen zum bösen Pfridolin in weniger als drei Sekunden. Das muss ihr erst mal jemand nachmachen.

Der „süße Lutschi" heißt natürlich auch nicht so, sondern eigentlich Lucero. Er ist uns vor einiger Zeit zugelaufen, genau wie Guntram, den ich nur „den Mann" nenne. Die Frau heißt „die Frau", weil sie immer schon so hieß. Auch wenn andere Dana zu ihr sagen. Der Lutschi kommt aus Spanien und hat die orale Phase nie so richtig überwunden. Gerade streckte er seinen dummen Kopf aus der Box heraus, um mit den Lippen an der Frau herum zu zupfen. Ich kannte das schon. Die Frau auch. Als nächstes kamen üblicherweise die Zähne. Und das ist der Unterschied zwischen uns: Ich wusste es. Sie rechnete nicht im Entferntesten damit. Weil es ja der süüüüüüße Lutschi war.

„Aua! Böser Lutschi!" Man kann ja von ihr sagen, was man will, aber irgendwie bewunderte ich es an ihr, dass sie sich so unvoreingenommen auf jede Situation einließ und dann regelmäßig von der Realität eingeholt wurde.

Nachdem jetzt wieder klar war, wer hier das Lieblingspferd ist (Tipp: nicht der Lutschi!), beugte sie sich erneut zu meinen Hufen, um sorgenvoll „Oijoijoijoijoi" zu murmeln.

„Kann der Hubert das nicht machen? Der ist morgen eh da, für Faxe", bot der Mann eine Problemlösung an.

„Nein, der darf nicht beschlagen. Der Hubert ist Barhufpfleger. Beschlagen darf nur ein Schmied."

Das wusste der Mann bisher noch nicht. „Ach. Aber der

Pfridolin kann ja nicht gut ohne Eisen laufen, weil der sich die Hufe zu schnell abläuft. Das hattest du ja mal probiert."

Eine der blöderen Ideen der Frau, wenn ich das mal so sagen darf.

„Stimmt. Das hat dann sogar der Hubert eingesehen. Der hatte mich ja ursprünglich dazu bequatscht, die Eisen runternehmen zu lassen. Weil es ja viel natürlicher wäre und überhaupt. Bis der Pfridolin dann gar nicht mehr laufen wollte, weil ihm die Füße zu weh taten."

„Hubert? Ich bring ihn um", meldete sich eine düstere kleine Stimme aus dem Hintergrund. Fenja war mitsamt ihrem Pony Donnyboy unbemerkt eingetroffen. Eigentlich war Fenja sonst nicht so, aber wenn es um Donny ging, kannte sie nichts. Sie war nicht besonders groß, aber schon sechzehn und fühlte sich sehr erwachsen. Für gewöhnlich trug sie schwarz und guckte böse, „weil das dazugehört." Wozu, wussten Dana und Guntram nicht.

„Moment mal. Du bringst ihn um?" Guntram hatte zwar Feierabend, aber ein Polizist ist ja irgendwie immer im Dienst.

„Mit seinem eigenen Messer", erklärte Fenja hilfsbereit.

„Und warum? Du weißt aber schon, dass ich Polizist bin und dir das jetzt ausreden muss."

„Geschenkt", winkte Fenja ab und erzählte. „Hubert – ich bring ihn um – hat Donny letztens in den Bauch getreten. Einfach so. Er hat ihm die Hufe gemacht und fühlte sich unbeobachtet. Donny hat überhaupt nichts gemacht, aber Hubert hat ihn in den Bauch getreten. Und da hab ich ihm gesagt, dass ich ihn mit seinem eigenen Messer erstechen werde. Er hat nur gelacht und mich überhaupt nicht ernstgenommen. Und jetzt hasse ich ihn. Und werde ihn umbringen."

Guntram nickte. „Gewalt ist keine Lösung."

„Gewalt gegen Tiere auch nicht!"

Damit war Guntram erstmal rhetorisch überfordert und wandte sich hilfesuchend an Dana. Aber die war abgelenkt und drehte ihnen den Rücken zu, bis sie sich überraschend wieder am Gespräch beteiligte: „OOOOOOOOHHHHHHH, guckt mal, was für ein süßes Weihnachtshalfter der Faxe hat!"

Fenja und Guntram betrachteten das flauschige Schmuckstück, das vor Faxes Box hing. Auf dem Nasenriemen waren kleine goldene Kügelchen, die an Glöckchen erinnerten. Wie in *Jingle Bells*, dem furchtbaren Lied, das neuerdings auf Auto Repeat läuft, weil ausgerechnet dabei in der Quadrille am meisten schief geht. Wir hatten uns auf dem Paddock auch schon ordentlich über Faxe und sein Flauschi-Jingle-Halfter lustig gemacht. Schadenfreude ist bekanntlich die schönste Freude. Ich schwelgte in Erinnerungen und grinste zufrieden. Bis folgende Worte an meine pelzigen Ohren drangen: „Und der arme Pfridolin hat keins. Der arme Schatz!!! Das muss ich unbedingt ändern. Damit hier im Stall ein bisschen Weihnachtsstimmung ist."

Schlagartig war ich wach. Nix mehr mit Entspannung und Heu mümmeln bis zum Abwinken! Nackte Panik machte sich breit. Was soll ich denn mit so einem peinlichen Kinderhalfter? Ich finde, es reicht, wenn sich mein dicker Kumpel mit sowas lächerlich macht. Ich habe auch schon ganz viele Halfter, ich BRAUCHE keins mehr.

„Das wäre doch toll", säuselte Dana mit einem seligen Lächeln. „Nicht nur zuhause Weihnachtsstimmung, sondern auch hier. Hach." Plötzlich bekam ihr Gesicht einen angespannten Zug und sie fuhr fort: „Und was mir noch aufgefallen ist: Die Weihnachts-Glitzer-Schabracke mit Fellpuschel-Umrandung und passendem Stirnband sieht gar nicht mehr so schön aus."

Die sah noch nie schön aus, aber ich bin ja hier nur das

Pferd und hab eh keine Ahnung.

„Da fehlt ein bisschen die Ausstrahlung. Und auch die passende Stimmung. Aber so ein Weihnachtshalfter, das macht gute Laune", schloss sie mit einem strahlenden Lächeln.

Bei mir ganz bestimmt nicht, denn schließlich muss ICH mich mit dem Ding zum Affen machen und nicht du, dachte ich.

„Gibt es eigentlich bunte Hufeisen?", erkundigte sich Guntram. Am liebsten hätte ich mir mit der Hand auf die Stirn geschlagen. Nur blöd, wenn man keine Hände hat. Also begnügte ich mich damit, die Augen zu verdrehen: Wie konnte er die Frau nur auf noch dümmere Ideen bringen als sie ohnehin schon hat?

„Bunt ist doof", verkündete Fenja. „Ich würde schwarze nehmen." Und nach kurzer Überlegung: „Oder dunkelschwarze."

„Rot und grün wäre toll", begeisterte sich die Frau. „Wie ein Weihnachtself!"

Ich konnte es nicht mehr ertragen und unternahm einen Fluchtversuch.

„Aber Pfridolin!", war die einhellige Meinung der Anwesenden, die mich schnell wieder eingefangen hatten.

„Er kann es gar nicht mehr erwarten, bis er sein Weihnachtshalfter hat", kicherte Dana und ich fühlte mich mal wieder unverstanden.

Ich sah Guntram an. *Tu was,* hieß das. Er sah Dana an. Die sah wieder Guntram an, guckte nachdenklich und murmelte etwas von Weihnachtspullover und Partnerlook. Ich wusste nicht genau, was sie damit meinte, aber Guntram erbleichte. Es schien sich um einen der vielen Schrecken der Vorweihnachtszeit zu handeln.

Wie Guntram später feststellen konnte, hatte er sowieso verloren. Die von Dana mehrfach erwähnte

Weihnachtsstimmung zog sich thematisch durch die ganze Wohnung. Dana hatte „schon mal angefangen", zu dekorieren. „Nur ein kleines bisschen!" Mit dem Resultat, dass sich Guntram in der gemeinsamen Wohnung nicht mehr zurechtfand. *Wenn das erst der Anfang ist, kann es ja noch lustig werden*, dachte er bang.

Donnerstag, der 28.11.

Im Polizeirevier

„Wenn Sie mir gerade noch die Tannengirlande anreichen würden? Und die Sterne. Die roten, ganz genau. Und die matten roten Kugeln." Susanne hatte sich an ihrem zweiten Tag kurz im Polizeirevier umgesehen, vor Langeweile gegähnt und beschlossen, die neue Umgebung nach ihren Wünschen zu verändern. Also hatte sie Weihnachtsdeko gekauft, sich auf einen Besucherstuhl gestellt und Polizeiobermeister Wollmeier nach ihren Wünschen dirigiert. Der hatte ihrem strengen Blick nichts entgegenzusetzen gehabt und wuselte dienstbeflissen umher. Zwischendurch sah er sie verliebt an und reichte auch schon mal unaufgefordert an, was er für passend hielt.

„Die silbernen Kugeln? Wollmeier, Sie trauen sich ja was." Sie zwinkerte ihm zu. Wollmeier verging vor Wonne. Er konnte nicht genau sagen, was ihm am besten an ihr gefiel – ihre kurzen blonden Haare, die taffe Art, ihr breitschultriger, sportlich durchtrainierter Körper oder die Tatsache, dass sie sich im selben Raum aufhielt und mit ihm sprach. Seine Erfolge beim anderen Geschlecht waren bisher sehr überschaubar gewesen, aus Gründen, die ihm nicht so ganz klar waren. Aber Kommissarin Susanne Bremer hatte glücklicherweise einen guten Geschmack und erkannte ihren Traumprinzen, wenn er in seiner frischgebügelten Uniform vor ihr stand. Beziehungsweise unter ihr und den Karton mit den Rentieren nach oben reckte. „Rentiere vielleicht auch?"

Sie sah ihn nur kühl an.

„Natürlich nicht", stammelte er und legte die Box mit den Reisig-Rentieren hastig fort. Suchend sah er sich um.

„Vielleicht die grünen Glöckchen?"

Die wurden genehmigt.

Als sich die beiden nach der erfolgreichen Verschönerungsaktion einen Kaffee gönnten – Guntram und Azubi Jonas waren mal wieder im Außendienst, was nach Susannes und Wollmeiers Meinung nur eins bedeuten konnte: Die beiden saßen gemütlich im Café und tranken Kakao –, beugte sich Susanne zu Wollmeier herunter: „Sagen Sie, dieser Taschendieb, hinter dem unser Chef gerade her ist – wie lange treibt der hier schon sein Unwesen?"

„Dieses infame Subjekt terrorisiert Meisenwald schon seit Wochen. Vielen Wochen. Also eigentlich seit Monaten."

„Dann wird es doch eigentlich Zeit, dass wir ihm mal das Handwerk legen, Sie und ich, oder? Der Chef hats ja bisher nicht geschafft."

„Der ist ja in Gedanken immer bei seiner SOKO Pferd. Kein Wunder, dass der nix auf die Kette kriegt."

„SOKO Pferd?"

„Eine Ein-Mann-SOKO. Immer, wenn irgendwas Kriminelles mit Pferde-Hintergrund passiert, krallt er sich den Fall. Beziehungsweise kriegt ihn von oben aufs Auge gedrückt. Weil er da angeblich irgendwelche Spezial-Kenntnisse hat."

„Pferde." Susanne schüttelte sich. „Widerliche Viecher."

Aber Siggi Wollmeier war noch nicht fertig: „Aber dass ich ein ganz ausgefuchstes Konzept zur Ergreifung des Terror-Taschendiebs habe, das interessiert mal wieder keinen."

„Wieso Terror?", erkundigte sich Susanne.

„Na, das ist doch Psycho-Terror, was der treibt. Man ist sich ja seines Lebens nicht mehr sicher!", ereiferte sich Wollmeier.

„Aber dagegen gibt's doch was", zwinkerte Susanne und deutete auf ihre Dienstwaffe.

„Ich dachte eher an Blendgranaten", gab Wollmeier zu. „Und dann: Zugriff! Am besten mit den harten Jungs von der Anti-Terror-Einheit. Die wissen schon, wie man mit so einem Verbrecher fertig wird."

„Aber das wissen wir auch! Sie und ich, wir haben eine Polizei-Ausbildung. Und wir haben was, was diese Anti-Terror-Dumpfnüsse nicht haben: Köpfchen!"

„Also erst Blendgranaten", überlegte Wollmeier, dem das Gespräch mehr und mehr Spaß machte. „Und dann Flammenwerfer, da fällt diesem Terroristen nix mehr ein! Oder vielleicht Wasserwerfer? Die machen den schärfsten Hund zahm!"

„Ja, aber nicht im Winter. Aber ansonsten schöne Idee!", lobte Susanne.

Das Telefon klingelte. Wollmeier nahm den Anruf mit gespannter Miene entgegen: „Polizeiobermeister Wollmeier. Wer stört? ... In Gottes Namen. Geben Sie mir den Anrufer. Sonst kann ihm ja doch keiner helfen ... Hier spricht Polizeiobermeister Wollmeier. Sie wollten ein Verbrechen melden? ... Der Taschendieb! Und Sie haben einen Verdächtigen? Wen? ... Keine Sorge, den schnappen wir uns. Wir sind gleich bei Ihnen!"

Susanne sah ihn erwartungsvoll an.

„Jetzt haben wir ihn! Der Anrufer hat seinen Nachbarn im Verdacht. Der ist ständig unterwegs und hat ihn heute angerempelt."

„Als er gerade mal nicht unterwegs war", nickte Susanne.

„Und jetzt halten Sie sich fest! Hinterher fehlte ihm ein Erbstück seiner Mutter. Ein Fisch oder so, da hat er sich unklar ausgedrückt. Wir fahren da jetzt hin und sehen nach dem Rechten!"

Währenddessen auf dem Petershof. Auf dem Wallachpaddock.

„Und dann hab ich den einen Pokal gewonnen. Und dann den anderen." Konrad war in seinem Element. „Und dann hab ich noch einen goldenen Steigbügel gewonnen. Und so einen komischen Kranz." Er redete schon seit Stunden auf John-Boy ein, der sein Geschwurbel gekonnt ignorierte. Kunststück, wenn man so gut wie taub ist und einem fast alles egal ist, was nicht mit Mädchen oder Essen zu tun hat. John-Boy war steinalt und anscheinend unkaputtbar, was vermutlich daran lag, dass er alles ignorierte, was ihm nicht in den Kram passte. Eigentlich eine sehr vernünftige Einstellung. Hätte ich aber nie zugegeben, weil John-Boy mehrfach versucht hat, mir eins von den Mädchen vor der Nase wegzuschnappen, was ich ihm dauerhaft verübelte. Der alte Lustmolch war praktisch hinter allem her, was nicht bei drei auf dem nächsten Baum war. Und hatte empörenderweise mit seinen senilen Anmachsprüchen mehr Erfolg als ich. Der war bei mir unten durch. Also der auch. Lustlos musterte ich den alten Knacker und die sportliche Hohlfritte und ging zur Heuraufe. Das war der Nachteil am Winter: Statt Spaß auf der Weide gab es olles Heu auf dem Paddock. Und mehr räumliche Nähe zu meinen Mit-Wallachen, als mir recht war. Wobei ich ja streng genommen kein Wallach bin, sondern ein Fast-Hengst. Da liegen Welten zwischen. Welten! Ich sah mich um. Zwischen mir und der Heuraufe standen Companero und der Lutschi. Auf die beiden spanischen Doofmannsgehilfen hatte ich auch keinen Bock. Ich ging an ihnen vorbei.

„Hömma Kumpel, alles im Lack?", fragte Companero.

„Ich bin nicht dein Kumpel. Uns trennen Welten. Und nein, ist es nicht", antwortete ich. „Weil ich hier nur von

Idioten umgeben bin.‟

Companero hatte offensichtlich nicht zugehört. „Wat bisse hier am Knöttern?‟

„Du brauchst doch deine Gehirnzellen auch nur fürs Mähnenwachstum. Genau wie der Vollpfosten neben dir.‟

Der Vollpfosten neben ihm guckte arglos. „Waßße wolle? Wolle ßpiele mit uns?‟

„Der Lutschi kann astrein Halfterziehen, Kumpel. Würd ich mal probieren, an deiner Stelle.‟ Companero zwinkerte mir zu.

„Wenn ich das kitschige Weihnachtshalfter habe, komme ich gern auf das Angebot zurück.‟ Gar nicht so dumm, der Companero. Ich schlenderte weiter, grobe Richtung Faxe. Also grobe Richtung Heuraufe, denn das war sein zweiter Wohnsitz.

Irritierenderweise stand er nur da und betrachtete das Heu nachdenklich.

„Iss nur. Dicke haben auch Hunger‟, ermutigte ich Faxe, der immer noch lethargisch rumstand.

„Ich glaube, ich bin zu schwach zum Essen‟, seufzte er. „Außerdem verdirbt mir Konrads Gelaber den Appetit.‟

Ich sah ihn besorgt an. „Nicht, dass ich mich bei dir anstecke. Schließlich muss ich bei der Quadrille neben ihm laufen, da redet er noch viel mehr.‟

„Hör mir auf mit der Quadrille‟, winkte Faxe ab. Also wenn er Hände gehabt hätte. Muss man sich jetzt einfach mal so vorstellen. „Wir sollen Elfenkostüme oder so nen Scheiß tragen.‟

„Du bist doch schon der Elfenkönig mit dem süüüüßen Halfter‟, kicherte ich.

„Wenigstens klingeln diese albernen Glöckchen nicht mehr‟, knurrte Faxe. Ich warf einen prüfenden Blick auf das Weihnachtshalfter. Stimmt, alles ein Schlammklumpen, inklusive Flausch, Glitzer und goldene

Glöckchen.

„Gute Arbeit, Alter", nickte ich.

„Und wenn ich mich jetzt ein bisschen anstrenge, bin ich das blöde Ding gleich los", verkündete Faxe und warf sich ansatzlos in den Schlamm. Mehrfaches Wälzen und schlussendlich geschicktes Ohren-Wegklappen brachte den Erfolg: das Halfter war weg. Zumindest befand es sich nicht mehr an seinem Kopf, und auf dem Paddock konnte man es auch nicht mehr sehen, so schön war es Ton in Ton, passend zum Boden, eingefärbt.

Ich gratulierte Faxe zu diesem Erfolg, machte ihn aber darauf aufmerksam, dass die spanischen Intelligenzbestien ihm das Halfter ohne jegliche Anstrengung seinerseits ebenfalls zerstört hätten. Diplomatie kann ich. Dabei fiel mein Blick auf Bella und Blacky, die aus unerfindlichen Gründen wieder hier waren und auf Blondie einredeten. Blacky gehörte sowieso nicht hierhin, klar. Und Bella gehörte von Rechts wegen aufs Stutenpaddock, wo es ihr aber nach eigener Aussage zu langweilig war. Schließlich hatten sich die beiden dem organisierten Verbrechen verschrieben und lechzten nach Nervenkitzel. Blondie, seines Zeichens Schwarzwälder Fuchs und somit nicht leicht erregbar, stand mit geschlossenen Augen da. Wer hingegen wach war, war Else, die das ziemlich einseitige Gespräch vom Nachbarpaddock aus verfolgte.

„Das ist ja interessant", hörte ich sie sagen. Mit diesem eigenartigen Tonfall, der nichts Gutes verhieß.

Wider besseres Wissen und mit der festen Erwartung, dass ich es bereuen würde, fragte ich trotzdem: „Was denn?"

„Was Bella gerade erzählt hat."

Beruhigend, dass auch sie aus Blackys Genuschel nicht klug wurde. „Was hat sie denn erzählt? Und warum lungern die Zwerge schon wieder hier rum?"

„Minishetties heißt das", ertönte eine selbstbewusste

Stimme knapp unterhalb meiner Bauchmuskulatur. „Ganz schön wabbelig. Was ist das?" Mit diesen Worten zwickte mich Bella in mein durchtrainiertes Sixpack.

„Aua!" Ich sprang kerzengerade in die Luft. Wie konnte so ein süßes, unschuldig blickendes Geschöpf mit so langen Wimpern nur so gemein sein.

„Krieg ich jetzt eine Antwort?" Zwick.

„AU! Was willst du denn?"

„Eine Antwort." Zwick.

„Herrjesses! Das ist mein Sixpack. Hörst du jetzt wohl endlich auf, mich zu zwicken und sagst mir lieber, was du Else Spannendes erzählt hast?"

„Muss das so wabbeln?" Zwick.

„AUA! Lass endlich meinen Bauch in Ruhe, du kleines Mistvieh!"

„Dachte ich mir doch, dass es ein Bauch ist. Der Else hab ich eigentlich nix erzählt. Nur dass wir geheime Pläne haben."

„Jetzt tu mal nicht so geheimnisvoll. Was habt ihr vor?"

„Streng geheim, sorry! Aber ich denke darüber nach, mich zur Verhörexpertin fortzubilden. Ich finde, ich bin ein Naturtalent." Mit diesen Worten bleckte sie erneut ihr niedliches kleines Gebiss und ich machte, dass ich fortkam.

„Die Minishetties haben Pläne", berichtete ich Faxe, der nachdenklich seine Stirn in Falten legte.

„Hab ich mir schon gedacht. Wenn die Zwerge hier rumlungern und so komisch gucken, führen sie meistens irgendwas im Schilde."

„Hä? In welchem Sssssild?", fragte der Lutschi.

„Eine Redewendung", bügelte ich ihn nonchalant ab.

„Wendung von Rrrrede? Ssso wie olé?"

„Ja genau", antwortete ich mürrisch und der Lutschi zog

freudig hüpfend und „Olé! Olé! Olé!" rufend ab. Ich seufzte. Womit habe ich das nur verdient?

Konrad guckte uns allein und aus sicherer Entfernung zu. Seine Lippen bewegten sich. „Und dann hab ich den einen Pokal gewonnen. Und dann den anderen."

„Soziopath", sagte ich versuchsweise.

„Ich heiße Konrad", antwortete er.

Ich seufzte nochmal.

***

Auf Ortstermin in Meisenwald

„Hier müsste es sein." POM Wollmeier sah sich suchend um. Er hatte den Streifenwagen in einer Garageneinfahrt geparkt, weil sonst nichts mehr frei gewesen war. Rechts und links reihten sich adrett weiß gestrichene Reihenhäuser aneinander. Vor der Hausnummer siebenunddreißig blieb er stehen und sah Susanne auffordernd an. „Kommen Sie, Frau Bremer!"

„Sie erinnern sich aber schon daran, dass ich dienstgradmäßig über Ihnen bin?", erwiderte sie schnippisch und sah auf ihn und die drei grünen Sterne auf seinen Schulterklappen hinab.

Es fehlte nicht viel und Wollmeier hätte sich ekstatisch auf dem Boden gewälzt. Sie interessiert sich für mich und weiß, was für einen Dienstgrad ich habe, dachte er, als rosaroter Nebel sein Gehirn flutete.

„Aber natürlich, Frau Kommissarin", erwiderte er diensteifrig und rückte zackig seine Mütze zurecht.

„Gut. Wollmeier, die Klingel!", kommandierte Susanne.

Eilig gehorchte er. Sie lauschten dem Klingelton, der im Haus verhallte.

„Hübsch hier", sagte Wollmeier, der neidisch die Gartenzwerge unter dem Vordach und die

Butzenglasscheiben der Haustür betrachtete. Sogar der Sperrmüll auf dem Bürgersteig sah aus wie frisch lackiert. Der Vorgarten wirkte so akkurat, als wäre er aus Legosteinen gebaut worden. Im Garten befand sich ein Werkstattgebäude. „Soso, Installateur ist der Herr Vogel", las Susanne vom Firmenschild an der Tür ab. „I. Vogel. Installationen aller Art."

„Ja, deshalb ist er ja so viel unterwegs", erklärte Wollmeier in verschwörerischem Flüsterton.

Eine blonde Frau öffnete. „Haben Eva und Addi schon wieder was angestellt?", erschrak sie beim Anblick der beiden Uniformierten. „Aber kommen Sie doch herein, was sollen die Nachbarn denken."

In der holzgetäfelten Diele war es nicht sonderlich hell. An der Garderobe hingen Jacken in verschiedenen Größen und gedeckten Farben. Endlich mal kein Pink oder wie diese knalligen Farben heißen, dachte Wollmeier erfreut. Susanne musterte fasziniert die Schürze, die die junge Frau trug. Das ist aber mal sehr Vintage, dachte sie. Diese Mode hier auf dem Dorf!

„Frau ähm ...", begann Wollmeier, der den Namen auf dem Klingelschild längst vergessen hatte.

„Vogel", antwortete die Frau. „Inge Vogel. Eigentlich ja Ina, aber mein Mann findet Inge schöner. Und ich auch", fügte sie hastig hinzu.

„Frau Vogel, wir sind hier, weil es um die Verbrechensserie in Meisenwald geht."

Inge Vogel guckte verständnislos.

„Können wir uns hinsetzen? Das wird anscheinend ein längeres Gespräch", unterbrach Susanne, die keine Lust darauf hatte, länger in der düsteren Diele rumzustehen.

„Sicher, kommen Sie doch mit ins Wohnzimmer", lud Inge Vogel ein. Das Wohnzimmer war ein Traum in Eiche rustikal. Wollmeier blühte sichtlich auf. Susanne musterte die dunkle Wandvertäfelung. Hie und da standen kleine

Porzellanfiguren, sonst gab es keine Deko. „Mit Weihnachten haben Sie es nicht so, oder?"

„Mein Mann und ich nicht so, nein. Aber wir feiern das Julfest, das ist auch schön! Eine ganz alte nordische Tradition ist das, vorchristlich und was ganz Besonderes. Überall brennen Kerzen und die Kinder bekommen Geschenke."

„Hübsch hier." Wollmeier streichelte das dunkelgrüne Samtsofa und sah sich die Porzellanfigürchen genauer an. Es waren kugelköpfige Kinder in folkloristischer Kleidung, die bei so beschaulichen Tätigkeiten wie dem Blumenpflücken oder dem Herumsitzen dargestellt waren.

„Hummel", erklärte Inge Vogel. Ihre Hände, die sich die ganze Zeit nervös umeinandergeschlungen hatten, entspannten sich und strichen zur Abwechslung über die Schürze.

„Jetzt? Im Winter?", staunte Wollmeier und sah sich suchend um.

„Das sind Hummel-Figuren. Die Schöpferin hieß Maria Innocentia Hummel. Wie Sie sehen, bin ich Sammlerin. Meine Großmutter hat damit angefangen und ich habe ihre Figuren geerbt und sammle weiter. Manchmal schenkt mir mein Mann eine Figur. Die sind nämlich teuer. Und manchmal kann ich mich auch mit einem anderen Sammler austauschen. Der wohnt auch hier in Meisenwald."

Susannes Wissensdurst war gestillt und sie wandte sich dem eigentlichen Anlass ihres Besuchs zu. „Apropos ihr Mann."

„Was ist mit ihm? Hat ihm dieser Verbrecher was getan?"

„Welcher Verbrecher?"

„Na der, von dem Sie vorhin gesprochen haben."

„Dabei handelt es sich um einen Täter, der

gewohnheitsmäßig Diebstähle begeht. Taschendiebstähle, um genau zu sein", schaltete sich Wollmeier in das Gespräch ein. „Wir verfolgen da einen neuen Ermittlungsansatz und bitten die Bevölkerung um Mithilfe. Ihr Mann ist beruflich viel unterwegs, stimmts?"

„Ja, das muss er ja. Er ist Installateur, da muss er zu den Kunden ins Haus."

„Schon klar. Und hinterher fehlt immer was, oder?"

„Was soll ihm denn fehlen?"

„Nicht ihm. Den Kunden!"

„Was erlauben Sie sich? Mein Mann ist kein Einbrecher!"

„Nein nein nein, so meinte der Kollege das auch nicht." Susanne hatte sich daran erinnert, dass bisher noch kein Diebstahl aus einem Privathaushalt gemeldet worden war. Auch der Anrufer, der sie auf Erwin Vogel, Installationen aller Art, aufmerksam gemacht hatte, hatte laut Wollmeier von einem Anrempeln im öffentlichen Raum gesprochen, und zwar auf der Straße. Hinterher habe der Anrufer festgestellt, dass ihm etwas fehle. Ein Fisch oder so, da hatte Wollmeier aber in seinem Jagdeifer nicht nachgefragt.

„Der Kollege Wollmeier", sie sah ihn streng an, „wollte vielmehr wissen, ob ihrem Mann etwas aufgefallen ist. Wo er doch so viel unterwegs ist."

„Was soll ihm denn aufgefallen sein?"

„Irgendwas Ungewöhnliches. Herrgott Wollmeier, was meinen Sie denn?"

„Ja genau. Ob sie einen überzähligen Fisch haben zum Beispiel. Oder irgendwas anderes", ereiferte sich Wollmeier, dessen Blutdruck langsam stieg. „Oder sollen wir eine Hausdurchsuchung machen?"

„Wir haben keine Haustiere. Und Fische schon gar nicht", antwortete Inge verständnislos.

„Geben Sie es ruhig zu", echauffierte sich Wollmeier.

„Ich müsste dann jetzt auch mal los, Hasso abholen. Wenn ich darf."

„A-ha! Also doch ein Haustier. Sie, das macht sich nicht gut, wenn man die Polizei anlügt!"

„Hasso ist unser Jüngster und ich muss ihn aus der Kita abholen." Inge Vogel war den Tränen nahe.

„Vielen Dank, wir sind hier auch fertig. Wenn Ihnen noch was einfällt, melden Sie sich bei uns, nicht wahr?" Susanne erhob sich, drückte der verwirrten Frau Vogel eine Visitenkarte in die Hand und zerrte den widerstrebenden Wollmeier hinter sich her.

***

Zur gleichen Zeit auf dem Petershof

„Ah, der angelernte Hufbearbeiter, der seinen Job an drei Wochenenden gelernt hat!", höhnte Mike Kampmann, der Hufschmied.

„Ah, der Eisenbieger mit Hauptschulabschluss!", war die Antwort von Hubert Tenhagen, dem Barhufbearbeiter mit Germanistikstudium. „Wenn man nicht so viel in der Birne hat, dauert's natürlich länger, bis der Groschen fällt."

Unglücklicherweise waren sich die beiden Erzfeinde auf dem Beschlagplatz des Petershofs begegnet, weil jeder von ihnen für sich das gottgegebene Recht in Anspruch nahm, diesen Platz jederzeit zu benutzen, wenn ihm der Sinn danach stand. Und weil es, wenn irgendwas in die Hose geht, immer richtig in die Hose geht, hatten beide annähernd zeitgleich ihre Kunden an besagtem Beschlagplatz einbestellt. Else, die mächtige Stute mit Hufen wie Bratpfannen, stand ruhig am Anbinder und döste, während Faxe gewissenhaft den Boden untersuchte und eventuelle Futterkrümel inhalierte. Björn und Melanie sahen sich ratlos an und beschlossen, erstmal zur Seite zu gehen. Schließlich war der Beschlagplatz ohnehin schon gut besucht.

„Was soll das denn heißen, hä?" Streitlustig baute sich der breitschultrige Mike vor dem Hänfling Hubert auf. Eine satte Röte überzog Gesicht und Hals, an dem bereits die Adern anschwollen.

„Soll ich langsamer sprechen oder mich schlichter ausdrücken?", erkundigte sich Hubert.

„Windiger Raspelfuzzi", erwiderte Mike schwer atmend, ohne näher auf die Frage einzugehen.

„Eisenbiegender Grobmotoriker", gab Hubert zurück. „Komm doch her, wenn du dich traust!"

„Du ... Du .... ich werd dich gleich ..." Mike hatte sich den Schmiedehammer gegriffen und schwang ihn nun drohend.

Aber Hubert konnte einfach nicht aufhören. „Nix in der Birne, aber andere bedrohen", hetzte er. „Draufkloppen könnt ihr Schmiede ja gut!"

„Willst du eine Kostprobe?", bot Mike an, doch Hubert hatte blitzschnell eine kleine Sprühflasche aus der Tasche gezogen. „Und du? Willst du eine Kostprobe Pfefferspray?"

Björn und Melanie hatten den Wortwechsel aus sicherer Entfernung verfolgt. „Das ging jetzt aber schnell", stellte Melanie fest. „Und wir hatten uns doch so klug überlegt, wie wir die beiden Streithähne voneinander trennen. Wenn Hubert nicht zu spät gekommen wäre, wären die beiden sich nie begegnet und wir hätten jetzt keine Klopperei zu verhindern."

Björn nickte. „Darf ich mal?" Er ging zu Mike, der immer noch den Hammer schwang, und griff sich das handliche Beschlagwerkzeug. „Wiegt ja fast gar nichts", urteilte er fachkundig. „Und damit wird die Else jetzt beschlagen?"

„Wir sprechen uns noch, Freundchen! Das hier ist noch nicht vorbei!" rief Mike, bevor er sich seinem Kunden zuwandte. „Sobald uns dieser Huf-Fuzzi den Beschlagplatz freimacht, wird deine Else damit beschlagen. Es heißt ja schließlich Beschlagplatz und nicht Hufraspel-und-Dummschwätz-Platz."

„Irgendwann kommt auch dieser Kunde zu mir, warte nur ab", winkte Hubert lässig ab. „Genau wie die anderen Pferdebesitzer, die es nicht mehr ertragen haben, wie du die Pferdehufe malträtierst und ohne Sinn und Verstand Hufeisen darunter nagelst, bis die Hufe total ruiniert sind. Hallo, schöne Frau mit dem schönsten Tinker der Welt", begrüßte er Melanie.

„Sollen wir dann mal? Zu Faxe gehen und ihm die Hufe vor der Box machen?", erkundigte die sich.

„Ich wäre da vorsichtig. Gegen den Herrn Tenhagen laufen ein paar Anzeigen wegen Tierquälerei und Abzocke. Was der da treibt, ist hochgradig unseriös", riet Mike.

„Wirklich?", fragte Melanie erschrocken. Sie band Faxe los und ging vor, Richtung Box.

„Erzähl ich dir später. Gegen den Herrn Kampmann laufen auch ein paar Anzeigen", beschwichtigte Hubert, der es mit einem Mal eilig hatte, vom Beschlagplatz wegzukommen.

„Jetzt hast du es eilig? Hier ist genug Platz für uns beide, bleib doch noch ein bisschen!", stichelte Mike.

Aber Hubert hörte ihn schon nicht mehr. Er schleppte den Werkzeugkoffer mit seinen Hufraspeln und Messern in den Zehnerstall, wo Faxe nun vor einer der namensgebenden zehn Boxen stand und auf sein Hufpflege-Date wartete.

„Schwer, oder?" fragte Melanie, die sah, wie sich Hubert mit dem Werkzeugkasten abplagte. „Ach was", winkte der ab. „Bin aber gestern gestürzt, da tut mir noch alles weh."

„Du Armer", bedauerte ihn Melanie.

„Und das Schlimmste: Es war noch nicht mal meine eigene Dummheit. Mir hat so ein Feigling ein Bein gestellt und ist dann weggelaufen", schnaufte Hubert. „Irgend so ein Hurensöhnchen von Bauernflegel war das."

Weil sich Hubert zusehends ereiferte und Faxe nicht gewillt war, den gewünschten Huf zu geben, versuchte Melanie einen Themenwechsel: „Was machst du eigentlich Weihnachten?"

„Ich würde ja gern mit meiner Freundin feiern, aber ihr Mann hat was dagegen", erwiderte Hubert. „Nur Spaß", ergänzte er, als er Melanies Gesichtsausdruck sah. „Ich bin bei meinen Eltern. Da treffen wir uns alle."

„Das ist doch schön. So richtig traditionell?"

„Ja, mit dem traditionellen Familienkrach nach der Bescherung. Nun gib mir schon den Huf, Faxe."

Aber Faxe wollte nicht. Nicht diesen und auch keinen anderen. Wie festgewachsen stand er da.

„Vielleicht geht es besser, wenn ich es alleine versuche. Das ist oft so. Ich hab ja auch noch Anschlusstermine", gab Hubert irgendwann später zu bedenken, als Faxe seine Füße nach wie vor um keinen Millimeter vom Boden bewegt hatte.

Melanie ließ sich überzeugen und fuhr nach Hause.

„Und dann waren er und ich allein", erzählte Faxe später auf dem Paddock. „Und Hubert wollte seine schlechte Laune an mir auslassen. Von wegen Raspelfuzzi und so, das muss ihn wohl gewurmt haben."

„Gar nicht", meldete sich Donnyboy zu Wort. „Der hat immer schlechte Laune. Das Einzige, was ihm Spaß macht, ist Pferde verprügeln. Ich muss es schließlich wissen, weil er das mit mir dauernd macht."

„Warum wehrst du dich denn nicht? ICH würde mir sowas nicht gefallen lassen", sagte Else und sah mütterlich auf den halb so großen Donny hinab.

„Ich bin nicht so groß, da traut er sich mehr. Und eigentlich sehr lieb", antwortete Donny mit leiser Stimme.

„Dann geh jetzt auch mal weg, wenn sich die Großen unterhalten", ordnete ich an.

„Du bist immer so gefühllos", maulte mich Else an.

„Gar nicht wahr. Ich habe auch Gefühle. Hunger und Durst zum Beispiel." Man muss sich nicht alles gefallen lassen, auch wenn Else größer und stärker ist als ich. Schließlich habe ich einen wunderbaren Sinn für Humor, das musste selbst sie einsehen. Nein, tat sie nicht. Stattdessen ging sie mit gebleckten Zähnen auf mich los und ließ ein hässliches Lachen ertönen, als ich mich hastig in Sicherheit brachte und fast im Schlamm ausgerutscht wäre. „Ha ha, selten so gelacht", prustete sie. Ich ignorierte das bösartige Weibsbild und wandte mich wieder den Wallachen zu, die sich gerade erzählten, was ihnen Hubert schon alles angetan hatte.

„Manchmal tritt er einen in den Bauch. Einfach so", berichtete John-Boy.

„Mir hatta auch schon die Raspel übergezogen, woll", bekannte Companero.

„Ich weiß gar nicht, was ihr habt. Das bisschen Barhufpflege ist doch ein Schneckenschiss. Bisschen Raspeln, bisschen was wegschneiden und fertig. Hufschmied ist viel schlimmer. Das fängt schon mit dem Eisen aufbrennen an. Das ist voll unheimlich und stinkt, deshalb sind wir zu Hubert gewechselt", warf Blondie ein.

„Da kann der Mike ja nix für, wenn deine Füße so stinken", kicherte Else.

Allgemeine Heiterkeit.

„Auf jeden Fall", fuhr Faxe mit lauter Stimme fort, um das Gelächter zu übertönen und mit seiner Geschichte weiterzumachen, „war Hubert sehr verärgert und ich sehr stoisch. Stoisch kann ich." Selbstgefällig blickte er sich um. „Damit konnte Hubert nun überhaupt nicht umgehen.

Erst hat er mich mit der Raspel gehauen, und dann wollte er mich in den Bauch treten."

„Da ist ja auch genug von da", stichelte Else.

„Mit Hufe wegziehen oder treten halte ich mich nicht auf, das ist mir zu anstrengend und zu hektisch. Ich mach das anders. Und das ist auch der Grund, warum jemand, der zu einer bestimmten Uhrzeit am Zehnerstall vorbeigegangen wäre, folgendes gehört hätte: *Hilfe. Hilfe. Ich stecke hinter einem Pferd fest und kann mich nicht rühren. Hilfe.* Mit einer leisen Piepsstimme. Es ist aber lange Zeit keiner vorbeigekommen", schloss Faxe seine Erzählung zufrieden. „Und Hubert war hinterher sooo klein mit Hut."

„Waß fürrr ein Hut?", fragte der Lutschi, der unser Gespräch belauscht, aber mal wieder nix gerafft hat. So ist das eben, wenn sich Erwachsene unterhalten. Faxe und ich sahen uns an und drehten wortlos ab. Woraufhin sich der spanische Zottelzwerg hilfesuchend an Else wandte, die ihm mit mütterlichem Tonfall erklärte, das wüssten die beiden Blödmänner selbst nicht so genau.

Hmpf.

Freitag, der 29.11.

Auf der Stallgasse des Petershofs

„Ich hasse dieses Wetter. Immer nur Regen, Regen, Regen." Wütend fegte Dana die Stallgasse. „Und immer ist es dunkel, dunkel, dunkel. Immer. Morgens, wenn ich zur Arbeit fahre, ist es dunkel und wenn ich in den Stall fahre, ist es auch dunkel."

Als ob es mir da anders geht. Aber im Gegensatz zu meiner sogenannten Besitzerin halte ich mich außerdem noch den ganzen Tag draußen auf, wo ich von futterneidischen Vollpfosten umgeben bin. An der frischen Luft, wie man so schön sagt. Mit anderen Worten: Im Regen. Erwähnte ich bereits die Nervensägen, die mir meinen Premium-Platz an der Raufe streitig machen? Ja? Dann ist es ja gut.

„Herbstblues?", fragte Melanie mitfühlend.

„Winterdepression", erklärte Dana, die noch lange nicht fertig mit Jammern war. „Ein Wunder, dass meine Augen noch nicht zugewachsen sind. Wie bei diesen Grottenolmen, die nie das Tageslicht sehen. Die fühlen sich bestimmt genauso wie ich."

„Wobei der gemeine Grottenolm ja selten zur Arbeit oder in den Stall fährt", erinnerte sie Melanie.

„Und dann fallen mir dauernd Sachen runter. Vorhin zum Beispiel der blöde Hufkratzer. Das nervt. Und Zeit habe ich auch keine. Weil ich noch ganz schnell reiten muss und dann einkaufen und kochen und überhaupt. Und dann geht das bald mit den Weihnachtsfeiern los. Jeden Tag eine andere. Und immer diese schreckliche Weihnachtsmusik. Furchtbar!"

Kenn ich, hab ich auch dauernd im Ohr. Ich sage nur Weihnachtsquadrille! Ich kenne mittlerweile jedes

Glöckchen von *Jingle Bells* persönlich. Und wem habe ich das zu verdanken? Meinen unfähigen Mitpferden, die ständig ihren Einsatz verpassen, weil sie einem einen Möhrenstrauch ans Ohr labern statt aufzupassen. Kein Wunder, wenn man da selber auch mal aus dem Tritt kommt. Furchtbar.

Melanie machte mitfühlende Geräusche.

„Und Weihnachtsgeschenke muss ich auch noch kaufen! Und das Allerschlimmste: Immer, wenn ich reiten will, ist die Halle knüppelvoll! Immer!"

„Jetzt ist es ja noch leer. Wenn du jetzt reitest, hast du die Halle praktisch für dich." Melanie holte Faxes Sattel aus der Sattelkammer und sah Dana auffordernd an.

„Aber dann bist du ja in der Halle. Und wer weiß, wer sich hier noch alles in den Katakomben verbirgt." Gemeint waren die anderen Stallgassen des Petershof, der aus mehreren kleinen Stalltrakten bestand. „Und vielleicht will ich ja doch lieber longieren."

„Ta-dah!" machte es hinter ihnen. Fenja und Donny standen da und sahen sehr flauschig aus (Donny) beziehungsweise düster wie immer, aber mit einem gewissen Glanz in den Augen (Fenja). Offensichtlich freute sich Fenja darüber, jemanden zu treffen, der noch schlechtere Laune hatte als sie selbst. „Melanie, du reitest? Prima, dann sind wir zu zweit in der Halle. Da freut sich Donny. Der findet es immer ganz gruselig, wenn er allein da rein muss."

„Im Gegensatz zu mir. Ich reite sehr gern allein. Also würde ich, falls sich das jemals ergeben würde", antwortete Dana würdevoll.

„Oh guckt nur, da kommt Lissy!", rief Melanie. „Und sie hat einen Korb und eine Sektflasche in der Hand. Geburtstag oder Kreislauf?", fragte sie.

„Geburtstag", antwortete Lissy. „Ständig dieses Älterwerden!" Gekonnt öffnete sie die Flasche und füllte die mitgebrachten Pappbecher.

Fenja verzichtete dankend. „Meine Mutter dreht dann wieder am Rad. Obwohl ich schon sechzehn bin! Aber bevor ich wieder mit dem Fahrrad in den Stall kommen muss, weil sie mich nicht fährt...“ Sie verzog das Gesicht.

Lustlos stützte Dana sich auf dem Besen ab. „Für mich auch nichts, danke. Ich hab ja gar keine Zeit für sowas. Weil ich noch so viel erledigen muss und voll im Stress bin.“

Erzähl doch mal was Neues. Ich gähnte.

„Wieso denn das?“ erkundigte sich Lissy und Dana klagte erneut ihr Leid, wobei sie mehrfach darauf hinwies, dass sie eigentlich keine Zeit zum Quatschen hätte, geschweige denn zum Geburtstag feiern. Sie war fast fertig mit ihrer Schilderung, als mehrere Autos nacheinander auf den Parkplatz fuhren. Vom Zehnerstall aus hatte man den nämlich perfekt im Blick.

„Oh nein, jetzt kommen ALLE. Und ich kann nicht mehr reiten“, stöhnte Dana.

Schätzelein, das konntest du noch nie, aber ich bin ja hier nur das Pferd und werde unterdrückt.

„Rhabarberschnaps? Der ist gesund!“, bot Lissy an, die ihren Korb auspackte und außer dem therapeutischen Rhabarberschnaps noch allerlei Essbares zutage förderte. Faxe rückte unauffällig näher. Björn, Erwin und Felix betraten laut und gut gelaunt die Stallgasse.

„Mann, Mann, Mann, ist das voll hier“, staunte Erwin.

„Ja, und weißt du auch, woran das liegt? Weil ihr alle hier seid. Und ich kann nicht mehr reiten. Weil alle in die Halle wollen und es dann viel zu voll ist. Und ich hab auch gar keine Zeit, um hier rumzustehen und zu quatschen. Buhuhu.“ Sprachs und wandte sich ab.

Björn und Erwin sahen sich erstaunt an.

„Was hat sie nur?“ Björn hatte als erster die Sprache

wiedergefunden.

„Hallenkoller“, flüsterte Melanie. „Tritt bei Reitern vorwiegend in der dunklen Jahreszeit auf, wenn man nicht mehr draußen reiten kann und sich überwiegend in der Reithalle aufhält, wo man es unweigerlich mit anderen gefrusteten Reitern zu tun hat.“

„Die alle rücksichtslos sind und einen permanent über den Haufen reiten wollen“, ergänzte Dana, die sich wieder gefasst hatte. „Und ich habe eigentlich überhaupt gar keine Zeit zum Quatschen. Den Hufschmied muss ich auch noch anrufen, dazu bin ich noch gar nicht gekommen vor lauter Stress.“

„Also auf mich brauchst du keine Rücksicht zu nehmen, Blondie hat heute frei.“ Erwin strahlte eine große Ruhe und Gemütlichkeit aus.

„Ich reite auch nicht“, erklärte Lissy.

„Eigentlich hat sich Donny mal einen freien Tag verdient“, beschloss auch Fenja.

„Also wenn ihr alle nicht reitet, hab ich auch keine Lust“, sagte Melanie und sattelte Faxe wieder ab, der sein Glück kaum zu fassen wusste. Dieses Reiten wird ohnehin überbewertet, vor allem, wenn man in der Zeit auch essen kann.

Das brachte Dana in Zugzwang. Die Halle ganz allein für sich zu haben ist schön; allein in der Halle zu sein, während das Reiterstübchen bis zum letzten Platz besetzt ist und einen alle beobachten und sich womöglich die Mäuler über die Reitkünste ihres Anschauungsobjekts zerreißen, ist dagegen nicht ganz so angenehm. „Ich … öh … longiere lieber.“

Zuhause wurde es auch nicht besser. Der Heimweg vom Stall war wegen Dunkelheit und Regen eklig gewesen, zumal es die anderen Autofahrer anscheinend darauf angelegt hatten, Dana vorzeitig unter die Erde zu bringen. Zu Hause angekommen, betrat sie eine dunkle und kalte

Wohnung. *Erstmal die Heizung anstellen. Und wo ist Guntram, wenn man ihn mal braucht,* dachte sie trotzig und suchte im Tiefkühlschrank nach etwas Essbarem.

Als Guntram dann endlich nach Hause kam und vor Begeisterung darüber, dass es eine warme Mahlzeit gab („Tiefkühlpizza - mein Leibgericht!"), aus allen Wolken fiel, hatte sie sich immer noch nicht mit dem Schicksal ausgesöhnt. Guntram tröstete sie: „Ja, draußen ist es kalt und dunkel, aber wenn man reinkommt, ist gleich so eine schöne Stimmung, so warm und freundlich. Und es riecht nach Essen, das ist auch irgendwie toll."

Danas Miene hellte sich langsam auf. „Irgendwie schon", dachte sie laut nach. „Und gegen die Dunkelheit kann man ja etwas tun, zum Beispiel Dinge kaufen."

„Was für Dinge?"

„Ach, so Weihnachtsdeko", antwortete sie unbestimmt.

Guntram sah sich in der bereits heftig dekorierten Wohnung um und schluckte. Da hatte er es wohl mit dem Trösten übertrieben.

„Guck mal", Dana nahm einen Prospekt vom Tisch. „Was es hier für süße Weihnachtssachen für Pferde gibt! Die bestelle ich ALLE."

„Da wird sich der Pfridolin aber freuen", reagierte Guntram diplomatisch.

„Wieso bist du eigentlich so lang auf der Arbeit gewesen?"

„Der Taschendieb hat mal wieder zugeschlagen. Diesmal bei Moniqua."

„Im Nagelstudio?" Moniqua Gürtler („Aber gesprochen wird es Monika!") verdankte ihren interessanten Vornamen der frankophilen Mutter, die Monique letztlich aber doch zu gewagt für Meisenwalder Verhältnisse fand und auf das familiärere Monika umgeschwenkt war – nur halt mit spannenderer Schreibweise. Moniqua betrieb seit

Jahren ein gut gehendes Nagelstudio in Meisenwald-City, direkt neben Erikas Supermarkt.

„Nein, davor. Moniqua hatte sich gerade etwas zu essen gekauft und die Einkaufstasche abgestellt, um ihren Laden aufzuschließen. Und als sie sich wieder umdrehte, war die Tasche weg."

„Das nenne ich einen Taschendiebstahl, der sich gewaschen hat", kommentierte Dana.

„Und deshalb musste ich heute länger arbeiten. Dann hat irgendjemand angerufen und mitgeteilt, dass er sein Tischchen wiedergefunden hat. Er hätte es versehentlich ausrangiert, dann wäre es gestohlen worden und glücklicherweise an der nächsten Straßenecke wieder aufgetaucht. Der Anzeigenerstatter hat aber mit Wollmeier gesprochen, von daher ist es mir ein Rätsel, was tatsächlich passiert ist oder was der Anrufer gemeint hat. Aber egal, Wollmeier war bei einem Tatverdächtigen zuhause und wollte direkt die GSG 9 anfordern. Jetzt droht er mir mit einer Dienstaufsichtsbeschwerde wegen Rechtsbeugung."

„Vielleicht irgend so ein antikes Beistelltischchen. Hier war ja Sperrmüll. Wieso die Dienstaufsichtsbeschwerde? Weil du gegen die GSG 9 warst?"

„Genau. In der Wohnung gab es keine weiteren Anhaltspunkte für eine Straftat", seufzte Guntram. „Da hat das Deeskalieren etwas länger gedauert. Vor allem, weil ihm Susanne geholfen hat." Polizeikommissarin Susanne Bremer hatte noch mindestens eine Rechnung mit Guntram offen und machte ihm das Leben schwer, wo sie nur konnte.

„Susanne? Eine neue Kollegin?"

„Och ja." Guntram, dem das Thema unangenehm war, lenkte ab und fragte nach Danas Tag.

„Furchtbar, hab ich dir ja schon erzählt. Aber ich soll dir noch schöne Grüße von Sven bestellen."

„Welcher Sven?"

„Na, Sven Peters. Kikis Bruder. Mit anderen Worten: Dein ehemaliger Springcoach[4]. Kiki hat ihn heute im Knast besucht und sagt, es ginge ihm gut und er lässt schön grüßen. Anscheinend hat er was mit der Anstaltspsychologin, er war ja immer ein Frauentyp."

Guntram nickte neidisch. „Aber hat es ihm was genutzt? Nö."

„Auf jeden Fall – und hör jetzt gut zu, das ist bestimmt wichtig für dich – ist die ganz besessen von Serientätern."

„So wie unser Taschendieb?"

„Ja genau. Und die hat verschiedene Theorien entwickelt, wie man solchen Leuten auf die Schliche kommt. Sven hat im Knast auch ein paar Exemplare kennengelernt und hat Kiki Geschichten erzählt, dass die mit den Ohren geschlackert hat."

„Theorien hat Jonas auch genug. Das ist dieses Profiling, was die jetzt an der Polizeischule lernen. Hat uns aber bisher nicht weitergebracht. Der einzige Zusammenhang, der zwischen den Taten besteht, ist, dass alle in Meisenwald begangen wurden und dass die geraubten Gegenstände klein und von geringem Wert waren. Und in den meisten Fällen essbar."

„Vergiss nicht die Hundert-Euro-Scheine, die Lissy aus der Tasche geklaut wurden", erinnerte Dana. „Und die Brieftasche von Felix – mit ec-Karte, auf der die PIN mit Kugelschreiber notiert war. Eine bessere Einladung zum Konto leerräumen gibt's doch nicht."

„Da ist aber glücklicherweise nichts passiert. Wohl, weil er die Karte sofort hat sperren lassen", erinnerte sich Guntram. „Wo aber was passiert ist, ist bei Wolles Getränkemarkt. Da ist der Täter eingebrochen und hat im Vorratslager gewütet. Und dabei die Kladde freigelegt, mit der Wolle seine schwarze Kasse geführt hat. Das

4 Pfridolin Pferd, *Tödliche Traversale*

Finanzamt war sehr erfreut.“

„Aber das war ein Einbruch. Glaubst du, das war derselbe Täter?“

„Wolle hat in irgendeiner Vernehmung zugegeben, dass er die Hintertür meist offenstehen lässt. Wegen der verbesserten Luftzirkulation. Und aus Faulheit, schätze ich. Und dann haben wir noch diese dubiose Anzeige, die Wollmeier entgegengenommen hat. Da beschuldigt jemand seinen Nachbarn, ihm einen Fisch geklaut zu haben.“

„Aha“, staunte Dana.

„Also ein eindeutiges Persönlichkeitsprofil sehe ich da nicht. Jonas schreibt aber zu dem Thema eine Hausarbeit. Vielleicht kann er da die Erkenntnisse der Anstaltspsychologin mit einbauen.“

„Oder die praktische Lebenserfahrung von Sven“, ergänze Dana. „Wir sollten ihn auch mal besuchen gehen. Er ist doch zusammen mit diesem verrückten Künstler inhaftiert, mit diesem GAULL. Die beiden sind dicke Freunde.“

„Ach du lieber Gott, der hat mir gerade noch gefehlt. Der ist doch komplett irre.“

„Das sieht die Anstaltspsychologin anscheinend anders. Also, kommst du jetzt mit oder soll ich alleine da hingehen und Dinge herausfinden, die dein Berufsleben komplett auf den Kopf stellen werden?“

„Vielleicht bringt es uns mit den Ermittlungen wirklich weiter“, räumte Guntram widerstrebend ein.

1.12. Sonntag, erster Advent.
Im Adventskalender: Ein Tannenbaum.

Abends in Meisenwald

Gut gelaunt spazierte Blacky über die Parkstraße. Die Geschäfte entlang der Meisenwalder Einkaufsmeile waren weihnachtlich dekoriert. Überall standen kleine, liebevoll geschmückte Weihnachtsbäume, an denen Blacky im Vorbeigehen naschte. Vor Moniquas Nagelstudio legte er den Kopf in den Nacken und betrachtete die unerreichbaren, aber sicherlich sehr schmackhaften Tannengirlanden. Ihr Schaufenster zierte der mehrdeutige Slogan HABEN, WAS SONST KEINER HAT. Pest? Cholera? Aber Blacky waren derlei philosophische Betrachtungen fremd. Gierig fraß er alles bis in ein Meter fünfzig Höhe, schnappte nach einem letzten baumelnden Tannenzweig und wanderte weiter. Hinter Erikas Supermarkt und Wolles Getränkehandel lag sein heutiges Ziel: Die gutbürgerliche Gaststätte „Bei Ursel". Bei Ursel schmeckte es, das wusste er von diversen Abstechern in die für gewöhnlich schlecht gesicherte Küche. Eine von Ursels Spezialitäten war nämlich ein Möhrenrostbraten, und die bei Ursel eingelagerten Karotten entsprachen höchsten kulinarischen Ansprüchen. Also zum Beispiel seinen.

Aber Blacky war nicht der Einzige, der sich auf den Weg zu Ursel machte, weshalb er zwischendurch immer wieder in Deckung gehen musste. Auch Dana Dirksen war dorthin unterwegs, denn in Ursels Hinterzimmer fand die Weihnachtsfeier des Ersten Meisenwalder Kaninchenzüchtervereins statt. Nicht, dass Dana plötzlich Nagetiere züchtete, aber Weihnachtsfeier war Weihnachtsfeier und da musste man hin. Vor allem, wenn der Bürgermeister eine Rede hielt, die man selbst geschrieben hatte. Eigentlich war Dana ja in der Beschwerdeabteilung des Rathauses, aber irgendwie und irgendwann hatte sie sich zum Mädchen für alles entwickelt. *Und warum? Weil ich alles kann!*, dachte sie ohne falsche Bescheidenheit. Also strebte sie an diesem ersten Advent gemeinsam mit halb Meisenwald dem heutigen gesellschaftlichen Mittelpunkt zu.

Blacky hatte sich hinter einem geparkten Auto versteckt und wartete, bis der erste Run auf die Gaststätte vorbei war, bevor er geheimnisvoll weiterschlich, an den Mülltonnen abbog und die Gaststätte durch die offenstehende Hintertür betrat.

Wie immer die ersten und die besten, dachte Kuno von Clausewitz, der erste Vorsitzende, zufrieden, als er seinen Blick wohlgefällig über das gut gefüllte Hinterzimmer schweifen ließ. *Wir haben die besten Rammler, die schnellsten Hüpfer und natürlich die erste Weihnachtsfeier des Jahres. Und da sind auch schon der Bürgermeister und die nervige Frau Dirksen, die immer so viel redet.*

Dana betrachtete interessiert Ursels Weihnachtsdeko und richtete ihr Augenmerk vor allem auf die handgebügelten Strohsterne. *Die sind doch bestimmt antik. Aber retro ist ja irgendwie cool. Ich will die auch!*

Das Büffet war gut bestückt und zog die Blicke der Anwesenden auf sich. Kollektives Seufzen, als Bürgermeister Meerbohm mit einem mehrseitigen Redemanuskript vors Mikrofon trat. Meerbohm warf Dana einen bedeutungsvollen Blick zu. *Da haben Sie es wohl übertrieben, meine Liebe. Wir sprechen uns noch.* Was bei Dana ankam, war etwas völlig anderes: *Gut, dass Sie mir so viel Text geliefert haben – ohne Sie wäre ich verloren.* Bescheiden lächelte sie in ihren Glühwein.

„Liebe Freundinnen und Freunde der Rassekaninchenzucht, es weihnachtet sehr. Heute noch nicht, heute ist aber der erste Advent, und da sind Sie wie jedes Jahr ganz vorne dabei bei den Weihnachtsfeiern. Mein guter Freund Kuno von Clausewitz, Ihr Erster Vorsitzender, hat mich gebeten, ein paar Worte zur Begrüßung zu sagen, und diesen Gefallen tue ich ihm gern. Ich habe also die große Ehre, Sie hier und heute bei der ersten offiziellen Weihnachtsfeier des Jahres zu begrüßen."

Hoffnungsvoller Applaus brandete auf, aber Meerbohm war noch lange nicht fertig. „Bevor Kuno gleich das Buffet eröffnet, wollte ich einen kleinen Jahresrückblick halten, damit wir uns gemeinsam an die Highlights der Meisenwalder Kaninchenzucht erinnern können. Die zurückliegenden Monate waren ereignisreich: Es gab Ausstellungen, Meisterschaften und Ehrenpreise für Züchter und Sportler. Das Zuchtjahr begann im Februar mit der Kreisschau, wo Lothar Klemperer mit seinen belgischen Riesen alles abgeräumt hat, was es zu gewinnen gab. Dann ging es weiter mit der Vereinsschau – hier hat sich Lothar zugunsten seiner Kinder zurückgehalten, so dass die Ehrenpreise für den besten Rammler und für die beste Häsin an Luzie und Lene Klemperer gingen. Bei den deutschen Meisterschaften im Mai gewann Klaus-Dieter Faneich mit seinen Weißen Wienern den zweiten Preis. Lokalmatador Peter Nausten räumte die Ehrenpreise für den besten Rammler und für die beste Häsin ab, und seine Tochter Elfi war mit Baby Blue siegreich im Kanin-Hop."

Diese schöne Sportart war Dana bisher unbekannt gewesen. Wie sie bei ihrer Recherche herausfand, handelte es sich um Springprüfungen für Kaninchen, bei denen die kleinen Hüpfer durch einen Parcours geschickt wurden. Die Hindernisse sahen aus wie von Barbie und Ken ausgeliehen und brachten Danas Herz in Sekundenschnelle zum Schmelzen.

„Kanin-Hop ist eine neue Sportart, die mir bisher unbekannt war", las Meerbohm denn auch von seinem Manuskript ab. „Aber Sie sind alles alte Hasen, denen ich nicht erst erklären muss, worum es dabei geht."

„Alte Hasen!" Dana gluckste und schlug sich auf die Schenkel, voller Begeisterung über den von ihr erdachten Wortwitz. Um sie herum eisige Stille.

Meerbohm räusperte sich betreten und fuhr fort: „Im Juni folgte die wunderbare Zuchtschau, die uns allen noch in bester Erinnerung ist. Was war das für ein wunderbares Schauspiel, all die Deutschen Riesen und die Meißner Widder, die Kalifornier und Japaner, die Thüringer und Sallander"…. Misstrauisch sah er Dana über den Rand seiner Lesebrille hinweg an. *Ich hoffe für Sie, dass es diese Viecher wirklich gibt und dass das nicht einer ihrer verunglückten Scherze ist.* Als im Publikum alles ruhig blieb, machte er weiter. „Hermeline, Sachsengold, Englische Schecken. Ganz zu schweigen von den Deilenaar, den Marderkaninchen und den Holländern." Mit monotoner Stimme leierte er noch eine Reihe Kaninchenrassen herunter, bei denen sich auch Dana nicht sicher war, ob es die wirklich gab.

„…. die Schwarzgrannen, Havanna, Russen, Satin-Kalifornier, Satin-Thüringer, Satin-Siamesen, Satin-Chinchillas …. und noch viele mehr." Elegant ließ er die nächsten Blätter der Rede verschwinden. „Ja, es war ein ereignisreiches Jahr, und ein erfolgreiches noch dazu. Nun freuen wir uns auf die Weihnachtsfeier und die besinnliche Stimmung, die uns alle umgibt." *Und danach reiße ich Frau Dirksen den Kopf ab. So eine miese Rede hat die Welt noch nicht gesehen. Beziehungsweise gehört.*

Das Publikum hielt es nicht mehr auf den Sitzen. Zu seiner Verwunderung bekam Meerbohm Standing Ovations. Kurz und bündig, so mochten es die Kaninchenzüchter. Meerbohm dankte bescheiden und wies nochmals auf die besinnliche Weihnachtsstimmung hin, die nicht nur er, sondern, da war er sich sicher, die alle hier im Raum spürten.

In diesem Moment fiel der Tannenbaum um, der am Kopfende des Büffets platziert worden war. Blacky hatte sich in den festlich geschmückten Raum geschlichen und sich über die Strohsterne hergemacht. Da er sich unter den Tischen fortbewegte, hatte niemand sein Erscheinen bemerkt. Bis ihn die Gier übermannte und er auch die etwas höher hängenden Strohsterne angepeilt hatte. Als der Baum kippte, hatte er schnell reagiert und war sofort wieder unter den zusammengeschobenen Tischen verschwunden. Zurück blieb ein Baum, der aus unerklärlichen Gründen in der Käseplatte, dem Schichtsalat und Teilen des Kartoffelsalats lag.

Dana und Ursel richteten ihn wieder auf, entfernten Salatspuren aus den Zweigen, suchten Blickkontakt zu Meerbohm und zeigten auf Kuno von Clausewitz.

Meerbohm war nun vollends aus dem Konzept gebracht und improvisierte. „Und dort sehen wir Kuno von Clausewitz, Ihren ersten Vorsitzenden." Beifall brandete auf. Dana und Ursel gestikulierten weiter und wiesen auf das Buffet. Meerbohm hatte keine Ahnung, was die durchgeknallten Weiber wollten.

„Und dort befindet sich das Buffet, und es sieht hervorragend aus!"

Dana und Ursel wiesen erst auf von Clausewitz, dann auf das Buffet.

„Und dort ist immer noch Herr von Clausewitz", tastete sich Meerbohm weiter vor. Dana und Ursel nickten eifrig und taten so, als ob sie etwas äßen. „Er wird nun etwas essen", riet Meerbohm. Ursel schlug sich mit der Hand vor die Stirn. Dana verdrehte die Augen und wedelte mit beiden Armen zum Buffet. Meerbohm hatte eine Eingebung: „… und das Buffet eröffnen." *Hurra! Er hats verstanden!* Dana und Ursel klatschten sich ab und lagen sich anschließend in den Armen.

Kuno von Clausewitz eröffnete das Buffet und stürzte

sich dann wie ein ausgehungerter Wolf auf die kalten und warmen Platten. Die restlichen Kaninchenzüchter folgten seinem Beispiel und machten es sich dann anschließend an den Tischen gemütlich.

„Kuno, du Schelm", kicherte Selina von Clausewitz, deren Hosentaschen Blacky unter dem Tisch gerade durchsuchte. Kuno war sich keiner Schuld bewusst, kam aber nicht dazu, den Sachverhalt zu klären, weil in dem Moment Ursel mit einem Getränketablett die Runde machte. „Noch jemand einen Rhabarberschnaps? Der ist gesund!", rief sie.

Montag, 2.12.
Im Adventskalender: Ein Stern.

Bei Dana zuhause

Verschlafen öffnete Dana das zweite Türchen des Adventskalenders und futterte den kleinen Schokoladenstern, der sich dahinter verbarg. Ein bisschen Kopfschmerzen hatte sie schon. Soooo gesund war der Rhabarberschnaps vielleicht doch nicht, den alle hier in Meisenwald wie Limonade tranken. Vielleicht hatte sie aber auch eine Kaninchenhaarallergie. Ganz bestimmt, das musste es sein.

Schnell griff sie sich Jacke, Handtasche und die Tasche mit ihren Stallsachen und machte sich auf den Weg nach draußen, wo sie ihr Auto freikratzte. Guntram war schon vor ihr aufgestanden und ins Polizeipräsidium gefahren. *Der hat ja auch nicht mit den Kaninchenzüchtern gefeiert. Wenn demnächst die neue Polizeiwache in Meisenwald bezogen wird, kann er länger schlafen. Schön für ihn,* dachte sie neidisch, als sie sich mit dem Auto in den Berufsverkehr einfädelte. Das Projekt JVA-Besuch war auch noch nicht weiter gediehen, darum wollte sie sich heute kümmern. Sie setzte schwer darauf, dass sich so kurz vor Weihnachten in der Beschwerdestelle nichts tat und dass Bürgermeister Meerbohm an diesem Montagmorgen wichtige auswärtige Termine hatte. Oder zumindest so tat, als ob.

Sie parkte auf dem Mitarbeiterparkplatz, begrüßte den Pförtner und hastete die Treppe ins Rathaus hinauf. Wenigstens war Herbert schon da, sie müsste also keinen Kaffee kochen. Herbert Dinkelfuss, ihr Büromitbewohner, war ein Mensch mit festen Gewohnheiten, zu denen arbeiten nicht zählte. Wobei Beamte das ja gar nicht dürfen, wie er oft erklärte. Beamte arbeiteten nicht, sie täten Dienst, und der war zumindest in der Meisenwalder Beschwerdestelle nicht sonderlich nervenaufreibend. Das ermöglichte es Dana, Herberts Arbeit mitzuerledigen, wenn er mal wieder Mittel und Wege gefunden hatte, sich zu verdrücken.

***

Währenddessen auf dem Petershof

„Tja, und dann hätte der Trottel fast ein Portemonnaie erwischt und hat es dann liegenlassen. Unfassbar. Weil er von den Strohsternen und den Möhren im Vorratslager so abgelenkt war. Wenigstens hat er einen halben Sack mitgebracht", fasste Bella den gestrigen Abend zusammen.

Wie eigentlich immer trieben sich die Minishetties auf unserem Paddock herum. Blacky stand an der Raufe und frühstückte. Immer, wenn Bella von ihm sprach, zuckte er zusammen.

„Manche Leute haben halt ein sehr kleines Gehirn", ergänzte sie gerade mit einem bösen Blick auf ihn.

Anscheinend war er in Ungnade. Sensible Zeitgenossen wie ich erkennen sowas sofort. „Wie soll so ein kleines Pferd auch ein großes Gehirn haben, ahahahahaha", scherzte ich, verstummte aber, als mir Bellas Blick ein eisiges Loch ins Herz fraß.

„Möchtest du das vielleicht genauer erklären?", erkundigte sie sich kühl.

„Ich dachte nur … weil … haha", stammelte ich. „Nicht wieder das mit den Zähnen machen, bitte."

Bella hatte ein großes Talent, sensible Körperregionen zu identifizieren und die kleinen Zähne dort hineinzuschlagen. Nur wegen ihrer entzückenden Rehaugen und ihres Bambi-Blicks schmort sie nach Faxes sachkundiger Einschätzung noch nicht in der Pony-Hölle.

„Und weil mein kleines Gehirn besser funktioniert als alle eure Brezelbirnen zusammen", herrschte sie uns an.

„Ich muss mir das nicht gefallen lassen." Ich nahm all meinen Mut zusammen. „Ich bin Privatdetektiv und kann mich nicht mit dem Bösen verbünden."

„Mit dem Bösen? Wohl eher mit dem Blöden. Wenn du Blacky meinst", kicherte sie.

„Trotzdem", antwortete ich mit fester Stimme.

„Du bist Hobbypolizist und harmlos", bügelte mich Bella ab. „Dir tu ich nix."

„Danke. Gibt's noch Möhren?"

***

Was danach im Rathaus geschah

An einen Besuchsschein für die JVA zu kommen war einfacher als gedacht – sogar mit Danas verkatertem Gehirn. Nie wieder Rhabarberschnaps, schwor sie sich. Oder zumindest so bald nicht wieder. Sie wusste genau, dass es kein Entkommen gab. Spätestens bei der nächsten Weihnachtsfeier gab es ein Wiedersehen, aber bis dahin war es gottseidank noch lang hin. Nein, die Besuchserlaubnis war easy peasy gewesen: Die hatte sie einen Anruf und zwei Emails gekostet. Viel schwieriger aber war es, die Tatsache, dass sie ein Gefängnis betreten und einen Sträfling besuchen wollte, vor ihrem über die Maßen neugierigen Kollegen geheim zu halten.

Nun war es ja nicht so, dass ihr das peinlich gewesen wäre. Ganz im Gegenteil, so ein Besuch im Knast und die Bekanntschaft eines Strafgefangenen fühlten sich sehr aufregend an und sie freute sich schon auf die vielen Geschichten, die sie darüber erzählen würde. Allen anderen, aber nicht ihrem Büro-Mitbewohner. Nein, es ging ihr ums Prinzip. Herbert Dinkelfuss war furchtbar und es ging ihn nichts an. Auch wenn er vor Neugierde fast platzte und Dana sich unfassbare Ausreden überlegen musste, um heimlich außerhalb des Büros telefonieren zu können. Und auch, wenn sie gefühlt alle fünf Minuten ihren PC sperren musste, damit Herbert nicht zufällig einen Blick in ihre Emails werfen konnte. Aber sie war sich sicher: Es war die Mühe wert. Gegen Mittag sah Herbert aus wie ein deprimierter Dackel. Mit einem sonnigen Lächeln ging sie in die Mittagspause.

Als sie zurückkam, musste etwas passiert sein, denn Herbert machte mit einem Mal einen entschlossenen Eindruck, legte Sudoko-Heft und Leberwurstbrot beiseite und faselte irgendwas von guten Geheimnissen und schlechten.

„Damit kenne ich mich aus, das ist genau wie bei der Gewaltprävention in den Grundschulen", antwortete Dana launig. Guntram hatte ihr davon erzählt.

„Ich meine das aber anders. Dana, wirst du vielleicht erpresst? Mir kannst du es doch sagen."

Dana hätte fast laut gelacht. Nur Herberts besorgter Blick durch die ewig dreckigen Brillengläser hielt sie davon ab. *Wie süß, er macht sich Sorgen. Ich sag ihm aber trotzdem nix,* dachte sie und verließ unter einem Vorwand das Büro, um Guntram davon zu erzählen. Nicht ohne vorher ihren PC gegen unbefugte Benutzung gesichert zu haben. Herberts Gesicht wurde lang und länger. Als sie später über den Flur ging und am Büro ihres Chefs vorbeikam, hörte sie, wie Herbert auf Klaus-Werner Hartmann einredete.

„Eine Spionin." Herbert, sehr aufgeregt.

„Im Leben nicht." Hartmann, ungläubig.

„Chef, wenn ich es Ihnen doch sage. Einwandfrei konspiratives Verhalten."

„Herbert, das kann ich mir nicht vorstellen."

„Aber trotzdem ist es wahr."

Dana konnte sich Herberts verletzten Blick genau

vorstellen. Er war exakt diese Mischung aus Cocker Spaniel und dem Inbegriff der Spießigkeit des deutschen Beamten, inklusive Strickjacke und Ärmelschoner, die sie regelmäßig in den Wahnsinn trieb. Umso schöner, dass Herbert jetzt seinerseits kurz vor dem Wahnsinn schien.

„Was soll denn jemand hier ausspionieren wollen?"

„Was weiß denn ich – Geheimnisse halt."

„Herbert, du arbeitest in der Beschwerdestelle. Leute rufen an und erzählen dir Dinge, über die sie sich ärgern. Meistens mit lauter Stimme. Das ist doch nicht geheim!" Auch Hartmanns Stimme wurde immer lauter.

„Trotzdem ist es sehr, sehr auffällig, wenn sich jemand so geheimnisvoll benimmt. Bestimmt spioniert sie für die Russen! Oder die Amerikaner, da kennt man sich ja heutzutage gar nicht mehr aus", antwortete Herbert gekränkt. „Wenn wir bei den Amerikanern wären, bekäme sie eine Wahrheitsdroge und wir wüssten, was los ist."

Schritte näherten sich. Eine Gruppe japanischer Touristen bog um die Ecke. Seit Neuestem hatten auch die Japaner das Oberbergische entdeckt und machten Ausflüge zu den romantischen Weihnachtsmärkten in der Gegend. Die hier hatten sich offensichtlich verlaufen. Dana wollte nicht beim Lauschen ertappt werden und heuchelte geschäftige Betriebsamkeit.

Vielleicht schnüffelte diese geheimnisvolle und möglicherweise eingebildete Spionin ja auch für die Japaner herum. *Kann ja sein, dass die irgendwelche Insider-Infos brauchen, um sich im großen Stil hier einzukaufen. Hübsch ist es ja und auch nicht weit bis Köln oder Düsseldorf,* dachte Dana.

Ansonsten verlief der Tag weitgehend ereignislos. Nachmittags kam Corinna Bensemann vorbei, um ihren Herbert zu besuchen und Plätzchen vorbeizubringen.

„Gucken Sie mal, wir sind verlobt!", flötete sie und streckte Dana die Hand entgegen. Am Ringfinger prangte eine Scheußlichkeit in blau und weiß. „Dem

Verlobungsring von Charles und Diana nachempfunden", erklärte sie.

„Und die hatten ja so eine tolle Ehe", antwortete Dana todernst.

„Nehmen Sie doch noch ein Plätzchen", lockte Corinna und bot Dana die gut gefüllte Tupperdose an.

„Die sind ja alle mit Schokolade, da kann ich mich gar nicht entscheiden." Dana bediente sich reichlich. Corinna konnte wirklich sehr gut kochen und backen. Das einzig Negative, das Dana über Corinna sagen konnte, war ihre irritierende Liebe zu Herbert Dinkelfuss. Corinna hatte ihm feurige Liebesbriefe geschrieben und so Herberts Herz gewonnen. Und nun dachten die Seemannswitwe und Danas Büromitbewohner offensichtlich tatkräftig über eine Eheschließung nach.

Herbert bekam plötzlich einen Hustenanfall und verließ das Zimmer.

Corinna beugte sich zu Dana herab. „Können Sie ein Geheimnis hüten?", fragte sie verschwörerisch.

Immer diese Geheimnisse. Was ist denn hier bloß los, dachte Dana, ließ sich aber nichts anmerken. „Na klar", log sie. „Und wissen sie was? Hier gibt's eine Spionin. Das ist aber geheim."

Corinna entgleiste kurzfristig der Unterkiefer. Sie hatte sich aber schnell wieder unter Kontrolle und versprach: „Von mir kein Sterbenswörtchen."

Als sich aber herausstellte, dass Dana keine weiteren Informationen zum Thema „Spionage in Meisenwald" liefern konnte, drehte sie kurzerhand den Spieß um und verwickelte Dana in eine Unterhaltung, bei der es im Wesentlichen um Kontakte ins Ausland ging, vorzugsweise die USA oder Russland. Besonders angetan hatten es ihr „diese Wisselbloher, wo man gar nicht merkt, dass die den Computer hacken." Dabei versuchte sie immer wieder, einen Blick an Dana vorbei auf deren PC zu erhaschen.

Aber die hatte mit Corinnas Neugier gerechnet und ihren PC auch dieses Mal mit der bewährten Tastenkombi Strg, Alt und Entf gesperrt. Irgendwann kam Herbert zurück, übernahm die Keksdose und Corinna verabschiedete sich. Nicht, ohne einen letzten Blick auf Danas PC zu werfen. „Möchten Sie den gerne mitnehmen? Er gefällt ihnen ja anscheinend gut", bot Dana an. Corinna rauschte beleidigt ab.

Herbert begann, die Büroblumen zu gießen. Schön langsam und gewissenhaft. Als er am Fenster hinter Danas Rücken angekommen war, hörte das Plätschern aus der Gießkanne auf. Dana drehte sich um und verdeckte dabei den Bildschirm. Ihre Blicke trafen sich.

„Gibt's hier irgendwas Besonderes zu sehen?", erkundigte sich Dana.

„Nein, nein." Herbert wendete den Blick kurzfristig ab.

„Schöne Bluse, oder?", hakte Dana nach, als sich ihre Blicke das nächste Mal trafen.

„Ja, die ist schön", antwortete Herbert.

„Was hast du denn mit meinem PC? Ist damit irgendwas nicht in Ordnung?"

„Der ist immer gesperrt."

„Ja genau."

„Find ich gut, dass du das machst. Den PC sperren. Wie leicht kann da jemand reingucken und einen ausspionieren."

Aus genau diesem Grund mache ich das ja, dachte Dana. *Und jetzt würde ich gern unbelauscht mit meinem Freund telefonieren und ihm erzählen, wie leicht man in den Knast kommt. Wobei – der weiß das vielleicht schon. Der macht ja nix anderes als Leute verhaften.*

Diese maßlose Übertreibung erheiterte Guntram sehr. Dana hatte einfach gewartet, bis sich Herbert nebst Sudoko-Heft auf die Toilette begeben hatte und dann direkt Guntram angerufen, der sie zunächst nicht verstanden hatte.

„Warum flüsterst du so? Bist du heiser? Hast du deine Stimme verloren?", erkundigte er sich besorgt.

„Nahain", zischelte Dana. „Aber mein lieber Kollege muss ja nicht alles mitbekommen. Wusstest du eigentlich, dass es hier einen Spion gibt? Oder wahrscheinlich eine Spionin."

„Wusste ich nicht", erwiderte Guntram wahrheitsgemäß.

„Und außerdem ist es ganz einfach, in den Knast zu kommen."

„Ich weiß."

Dana konnte sich Guntrams selbstgefälliges Grinsen genau vorstellen. „Ich weiß genau, wie du jetzt guckst", teilte sie ihm sicherheitshalber im Flüsterton mit. „Und außerdem weiß ich, dass wir demnächst deinen Springcoach an seiner neuen Wirkungsstätte besuchen werden und uns dort Insider-Infos über Serientäter beschaffen werden, jawohl."

„Wenn du endlich aufhören würdest zu flüstern, könnte ich dich besser verstehen", beklagte sich Guntram.

„Hier haben die Wände Ohren", zischelte Dana und verabschiedete sich, denn die Bürotür öffnete sich langsam. Gottseidank war es nicht Herbert, sondern ihr Lieblingskollege Marcus, der mit einer Alibi-Akte in der Hand auf Dana zusteuerte.

„Dafür, dass du gestern mit den Kaninchenzüchtern feiern warst und dir den Rhabarberschnaps reingeschüttet hast, als gäbe es kein Morgen, siehst du erstaunlich frisch aus", begrüßte er sie.

„Ich habe Alka Seltzer gefrühstückt", gestand Dana.

„Wusstest du eigentlich schon, dass es hier einen Spion gibt? Oder eine Spionin, das ist noch nicht raus", fragte Marcus.

„Das hab ich vorhin auch gehört." *Und zwar, als ich an der Tür des Chefs gelauscht habe. Wobei: So laut, wie der immer spricht, kann man gar nicht anders, als alles hören. Was Hartmanns normale Gesprächslautstärke ist, nennen andere Leute Ruhestörung.* „Woher weißt du es denn?"

„Dein Lieblingskollege unterhält die ganze Cafeteria damit. Und betont, dass es streng geheim ist."

„Und was denkst du?"

„Dass es Quatsch ist! Was soll man denn hier ausspionieren?"

„Vielleicht stecken die Japaner dahinter", schlug Dana vor.

„Die Japaner? Wie kommst du denn auf die?"

„Vorhin bin ich einer Gruppe Japaner hier im Rathaus begegnet."

„Um die Jahreszeit sind die doch hier überall", erwiderte Marcus unbeeindruckt.

„Aber vor allem auf dem Weihnachtsmarkt. Außer, sie haben andere Pläne."

„Was denn für Pläne?"

„Hab ich eine Kristallkugel oder was? Vielleicht wollen sie sich hier einkaufen und brauchen Insider-Infos, um den Preis zu drücken. Dann kaufen die ein paar schnuckelige Fachwerkhäuser und machen da eine riesige Firma rein. Oder so."

„Hm."

„Hm."

***

Währenddessen auf dem Petershof. Immer noch Montag.

„Schlösser knacken?" Entgeistert sahen wir Bella an, die sich auf dem kleinen Hügel neben der Heuraufe platziert hatte, um uns die nächsten Schritte der kleinkriminellen

Minishetties auf dem Weg zum Berufsverbrechertum vorzustellen. Anscheinend war Schlösser knacken ein wesentlicher Bestandteil davon.

„Wenn man weiterkommen will, muss man auch mal was Neues ausprobieren!"

„Ja aba – Schlösser? Bisse sicha, dattat kluch is?", erkundigte sich Companero.

„Mach dir darüber mal keine Gedanken, nachher tust du dir noch weh", empfahl die rehäugige Bella mit harter Stimme. „Ja, Schlösser knacken. Ganz genau. Warum? Punkt Eins: Wenn man irgendwo reinwill, wo Möhren sind, ist oft eine Tür im Weg. Eine abgeschlossene Tür!"

Das deckte sich mit Faxes Erinnerungen, wie er mir leise anvertraute. Auch er hatte schon mal die Futterkammer von innen gesehen und konnte Bellas diesbezüglichen Ambitionen nachvollziehen.

Sie sah strafend auf uns herab.

„Tschuldigung", murmelte ich.

„Damit ich besser auf euch herabgucken kann" war übrigens auch die Begründung für ihre Standortwahl gewesen. Wir Wallache fanden soviel Arroganz ärgerlich, hatten dem aber wenig entgegenzusetzen. Schließlich war Bella eine Stute und noch dazu ein Minishetty, also prädestiniert für die Weltherrschaft.

„Können wir dann weitermachen? Gut. Punkt Zwei: Schlösser knacken erfordert vielleicht nicht ganz so viel Vorbereitung wie komplexere Verbrechen und ist daher auch für Leute mit kleinen Gehirnen geeignet." Sie warf einen Seitenblick auf Blacky. „Und Punkt Drei: Wir werden einmal die ganz Großen im Business sein …"

Ein plötzlicher Heiterkeitsausbruch im Hintergrund unterbrach sie. „Muahahahaha! Die ganz Großen! Muahaha! Ganz großes Kino ist das!", japste John-Boy mit Lachtränen in den Augen. „Muahahahaha! Ein echter Schenkelkopfer!"

Verwirrt sahen wir uns an. Schenkel, die klopfen? Wie beim Reiten? Dieses antike Deutsch, das unser scheintoter Senior da absondert, versteht doch keine Sau.

„Ein Witz. Ich glaube, das ist ein anderes Wort für Witz", meinte Else.

„Die Meeeedchen haben ja angeblich das größere Sprachzentrum in ihren süßen kleinen Köpfchen, da wollen wir der Else mal glauben", schlug ich leutselig vor.

„Schnauze, du Großmaul", würgte mich Bella ab. Wenn sie nicht eine Stute und noch dazu ein Minishetty wäre – siehe oben –, dann würde ich mir sowas nicht gefallen lassen. Aber so fügte ich mich in mein Schicksal und versuchte, den Gesichtsverlust durch ein launiges „Yes, Ma'am" wieder wettzumachen.

Sie sah einfach durch mich durch und sprach weiter. „… und da muss man sowas einfach draufhaben. Und ihr Riesenhirsche werdet unsere willigen Gehilfen sein. Ich sage euch rechtzeitig Bescheid, was ihr tun müsst." Mit einem letzten hochmütigen Blick wandte sie sich ab und verließ das Paddock, indem sie einfach so unter der untersten Litze durchmarschierte. Blacky folgte ihr.

Als die beiden außer Hörweite waren, flüsterte ich Faxe zu: „Das ist ja der reinste Terror! Wir können uns das nicht gefallen lassen!"

„Aber wenn es Möhren gibt…"

„Ja dann. Aber sonst nicht." Da waren wir uns einig.

Erleichtert, dass wir jetzt nicht mehr unter dem Joch der strengen Minishettystute waren, machte ich ein paar spielerische Schritte auf Faxe zu und zwickte ihn ins Sprunggelenk. „Wetten, dass du mich nicht kriegst?"

„Wenn ich will, krieg ich dich. Ich will nur nicht".

„Wetten, dass nicht? Guck mal, ich kann an deiner Decke ziehen und du kannst nichts dagegen tun."

„Klar kann ich."

„Glaub ich nicht." Rupf. Keine Reaktion. Faxes unerschütterliche Gelassenheit kann einem aber auch auf den Zeiger gehen. Ich spielte meine Trumpfkarte aus: „Komm schon, Dickerchen. Die schöne Peppy steht auf sportliche Jungs, nicht auf so Pummel wie dich."

Und zack, stieg der Blutdruck und mein unschlanker Freund kam in Wallung. Mit geblecktem Gebiss galoppierte er auf mich zu. Aber ich bin ja kein kleines Dummerchen. Elegant schwenkte ich zur Seite und ließ ihn ins Leere laufen. „Ätschibätschi! Du kriegst mich nicht, Speckbacke!"

Woraufhin Speckbacke nahtlos auf Killermodus umswitchte.

„Aua!", beklagte ich mich, als er mir eine runterhaute. „Nimm sofort deine Hinterfüße aus meinem Gesicht! Gewalt ist auch keine Lösung!"

Ab dann gab ein Wort das andere und wir mussten hinterher beide ein erquickendes Schlammbad nehmen, weil uns ganz schön warm geworden war. Was die Mädchen mit großem Gekreisch begleiteten. Die sind ja immer so fein und machen sich nicht dreckig. Dabei ist das Heilerde, worin wir uns wälzen! Macht gute Laune und kühlt angenehm. Allerdings gehen dabei auch die Hufeisen ab, von ganz alleine. Vorne rechts zum Beispiel. Bei mir.

Geschieht der sogenannten Besitzerin recht, was kümmert sie sich auch nicht beizeiten um einen Termin beim Hufschmied.

***

Später auf dem Petershof

„Gottseidank, endlich Feierabend!", stöhnte Dana. „Meine durchgeknallten Kollegen können ja schon anstrengend sein, wenn sie sich Mühe geben."

„Frag mich mal", erwiderte Guntram mitfühlend. Die

beiden hatten sich im Stall getroffen. Wie bei allen Reitern, so auch hier, diente die Stallgasse als erweitertes Wohnzimmer, wo man sich aufhielt und alles miteinander besprach, was einem gerade durch den Kopf ging.

„Wenigstens hat dein Pferd die Hufe schön. Meins hat sich ein Eisen gezogen."

„Oh, war Hubert da? Schade, dass ich ihn verpasst habe." Fenja war hinzugekommen. Heute trug sie extradunkelschwarz.

„Gibt es was zu feiern?", erkundigte sich Dana.

Fenja guckte verständnislos.

„Weil du heute besonders düster aussiehst", erklärte Dana.

„Meine Kleidung spiegelt meinen aktuellen Gemütszustand wider. Im Moment bin ich traurig, dass ich Hubert verpasst habe."

„Ich dachte, du kannst ihn nicht leiden?"

„Ich wollte ihn ja auch umbringen", erläuterte Fenja. „Aber irgendwie erwische ich ihn nie."

Guntram setzte zu einer neuerlichen Gefährderansprache an, wurde aber von Dana unterbrochen: „Sie hört dir sowieso nicht zu. Und Melanie hat mir vorhin am Telefon erzählt, dass Hubert nicht mehr zu Faxe kommen will, weil der angeblich gemeingefährlich ist. Den sehen wir in der nächsten Zeit nicht mehr."

„Ich finde ihn schon", kündigte Fenja an. „Und dann Gnade ihm Gott. Hallo Mama!" Die letzten Worte waren an ihre Mutter gerichtet, die sie abholen wollte und der es allein im Auto zu langweilig geworden war.

Fenja wurde verabschiedet. Dann wandte sich Guntram wieder an Dana: „Was war das heute Morgen für eine Geschichte mit den Spionen im Rathaus?"

„Das darf ich dir nicht sagen", wand sich Dana. „Weil keiner wissen soll, dass wir von einer fremden Macht ausspioniert werden."

„Du meinst aber nicht die Reisebusse mit den japanischen Touristen, die den Weihnachtsmarkt besuchen?"

„Alles Tarnung", winkte Dana ab.

„Aber die sind jedes Jahr um diese Zeit da!", wandte Guntram ein.

„Gute Tarnung", erklärte Dana schulterzuckend.

Dienstag, der 3.12.
Im Adventskalender: Ein undefinierbarer Kringel.
Eine Metapher auf mein Leben, befürchtet Dana.

Zu Gast in der JVA

„Hübsch hier. Nicht." Dana sah sich naserümpfend in dem funktional eingerichteten Besuchszimmer der JVA Hahnefeld um. Ihr gegenüber saßen Kikis Bruder Sven und Gabriel Ullrich, der unter seinem Künstlernamen GAULL ein gefragter Maler und Bildhauer war. Die beiden waren im Zuge der Ermittlungen um einen Mordfall verhaftet worden, was GAULL begrüßte, da er ohnehin an seinem Bad-Boy-Image arbeiten wollte. Außerdem war er sicher, dass das seinen Marktwert erhöhen würde. Sven hingegen wollte einfach nur seine Ruhe und Zeit zum Lesen. Das hatte auch alles gut geklappt, bis sich die Anstaltspsychologin in ihn verliebte. Aber irgendwas ist ja immer.

In der Ecke stand ein Justizvollzugsbeamter, der wachsam guckte. Er hatte Dana und Guntram durch unzählige Türen begleitet, die er auf – und wieder zugeschlossen hatte. „Wir wollten eigentlich auch keinen Design-Preis gewinnen", sagte er spitz.

„Aber so ein bisschen Mühe hätten Sie sich schon geben können. Ich bin Künstler, sowas zerbricht meine Seele!", beklagte sich GAULL.

„Wir sind ja auch nicht hier, um uns die Möbel anzugucken. Wir sind hier, weil wir Insider-Infos über Serientäter brauchen. Und Tipps, wenn mein Pferd nicht springen will", erklärte Guntram.

„DEIN Pferd?", erkundigte sich Dana. „DEIN Pferd?! Faxe ist deine Reitbeteiligung. Aber schön, dass du ihn so ins Herz geschlossen hast."

„Wenn du was Eigenes suchst, könnte ich dir da jemand vermitteln. Gegen eine ganz klitzekleine Provision. Ein zuverlässiger Händler mit reellen Pferden!", meldete sich Sven zu Wort.

„Nein danke, wir haben schon zwei", wehrte Dana ab.

„Für Springunterricht hätte ich auch jemand. Ganz nette Frau. Reitet selbst bis S und unterrichtet auch gern im Freizeitbereich. Die hat Ideen! Letztens hat die mit ihrer Truppe eine Springquadrille mit Feuer einstudiert."

„Echt?" Guntram war, wie man so schön sagt, Feuer und Flamme. „Kannst du mir mal die Telefonnummer geben?"

„Was Guntram eigentlich sagen wollte, war: Kannst du uns bitte Infos über Serientäter geben?", mischte sich Dana ein.

„Serientäter sind ja psychologisch hochinteressant", teilte Sven mit. „Sibylle forscht darüber."

„Die Anstaltspsychologin", erklärte GAULL. „Wenn sie sich nicht gerade um uns überführte Verbrecher kümmert, versucht sie, künftige Verbrechen vorherzusagen. Ein bisschen wie Hellseherei, nur ohne Kristallkugel."

„Es geht da schon wissenschaftlicher zu", nahm Sven seine Sibylle in Schutz. „Da gibt's Wahrscheinlichkeiten und Statistiken und so."

„Ah, so wie beim Wetterbericht. Mit ähnlicher Trefferquote und unvorhersehbaren statistischen Ausreißern. Nur dass es dann Tote gibt und nicht nur plötzliche Regenfälle", spottete GAULL. „Da lob ich mir doch meine mystischen Seelenpferde, die mich in andere Sphären tragen."

„Das ist mir jetzt vielleicht doch zu künstlerisch", wandte Guntram ein. „Was sagt denn Sibylle so über Serientäter?"

„Serienmörder haben in der Regel eine massive

Persönlichkeitsstörung", begann Sven („Ach was", spottete GAULL.) „Sie sind emotional labil, verantwortungslos und egozentrisch."

„Das trifft auf die Hälfte der Menschheit zu", fand Dana.

„Nun lasst mich doch mal ausreden. Außerdem haben sie Minderwertigkeitsgefühle. Bei Serienmördern kann man grundsätzlich zwei Persönlichkeitstypen unterscheiden: Die eine Sorte plant die Morde sorgfältig, beobachtet das Mordopfer vorher genau und bereitet Waffen vor – Schusswaffen, Gift, was auch immer. Die andere Sorte bringt die Opfer spontan um, quasi aus der Situation heraus. Weil das hübsche junge Mädchen ganz allein unterwegs ist oder weil die Schwiegermutter nervt. Bei allen Unterschieden kann man zumindest sagen, dass die meisten Serienmörder männlich, deutsch und kinderlos sind." Sven verbeugte sich, um anzudeuten, dass sein Vortrag zu Ende war.

„Das ist ja alles gut und schön, aber wir haben es hier mit einem Seriendieb zu tun. Nicht mit einem Mörder", meckerte Dana.

„Seriendiebe sind da vergleichbar. Die haben auch einen Dachschaden, bringen aber nicht gleich jeden um, der ihnen im Weg steht", meinte GAULL. „Ich habe mich schon einmal mit dem Thema befasst. Wir wollen jetzt aber nicht in Erinnerungen schwelgen, sondern an Kalli denken. Und Klaus."

„Kalli? Klaus?", echote Guntram verständnislos.

„Sowohl Kalli wie auch mein Freund Klaus zeichnen sich beide dadurch aus, dass sie ein gestörtes Verhältnis zu fremdem Eigentum haben", erklärte der schmächtige Künstler. „Und zwar gewohnheitsmäßig."

„Ah, Mithäftlinge!" Jetzt fiel der Groschen. „Und was haben die beiden für Gemeinsamkeiten? Damit wir daraus auf die Persönlichkeitsstruktur unseres Täters schließen können", erkundigte sich Guntram.

„Also zunächst einmal sind beide nicht schlau, denn sie wurden erwischt."

„Da könnte man sich ja jetzt auch fragen, warum ihr beide hier sitzt", merkte Dana an.

„Wir hatten Pech, das ist was ganz Anderes", winkte GAULL ab. „Was Kalli und Klaus noch gemeinsam haben, das ist die Gier. Sie haben den Hals nicht vollgekriegt und haben alles mitgehen lassen, was nicht niet- und nagelfest war."

„Genau wie unser Täter", nickte Guntram. „Der klaut auch die unterschiedlichsten Dinge, meistens Lebensmittel."

„Vielleicht ein armer Mensch, der Hunger hat?", überlegte Dana.

„Der würde aber nicht eigens den Frühstücksapfel des Kollegen Wollmeier entwenden, sondern sich bei Erika im Supermarkt bedienen, wo das Angebot viel größer ist. Aber da wurde komischerweise noch nichts gestohlen."

„Oder ein Kleptomane?"

„Kenn ich", warf Sven ein. „Der Andi ist Kleptomane, der saß neulich im Speisesaal neben mir und hinterher fehlte mir ein Schuh."

Guntram nickte nachdenklich und versuchte, sich die Szene vorzustellen.

„Kleptomanen zeichnen sich nämlich dadurch aus, dass sie Dinge stehlen, die für sie nutzlos sind. Sagt die Sibylle. Ein einzelner Schuh zum Beispiel. Und der Andi hat auch deutlich kleinere Füße als ich. Hat ihm also gar nichts genutzt."

„Hm", machte Guntram nachdenklich. „Hat der Andi irgendwas über seine Diebstähle erzählt? Also damit angegeben, zum Beispiel?"

„So wie der Kalli und der Klaus? Nicht, dass ich wüsste.

Ihm schien das eher peinlich zu sein."

„Na toll, da haben wir jetzt also herausgefunden, dass sich Seriendiebe dadurch auszeichnen, dass sie gewohnheitsmäßig Diebstähle begehen. Und dafür überziehe ich meine Mittagspause", maulte Dana.

„Wir können auch über Pferde sprechen, wenn dir das lieber ist", bot Sven an, aber da schritt der Justizvollzugsbeamte, der bisher stoisch in der Ecke gewartet hatte, ein. Nein, Gespräche über Pferde wollte er nicht mit anhören, zudem sei die Besuchszeit vorbei.

Na dann. Dana und Guntram machten sich also auf den Rückweg, der von genau so häufigem Türen auf- und zuschließen geprägt war wie der Hinweg.

„Und jetzt?", fragte Guntram, als sie vor der JVA im Sonnenschein standen.

„Muss ich wieder ins Büro, Beschwerden bearbeiten und meinem Kollegen dabei zugucken, wie er Leberwurstbrote isst", seufzte Dana.

„Sollen wir vorher noch über den Weihnachtsmarkt gehen? Da kannst du dir eine Currywurst holen. Oder einen Fetten Meisenwalder", lockte Guntram, aber Dana verweigerte sich den regionalen Spezialitäten, denn sie hatte abends noch zwei Weihnachtsfeiern vor sich.

***

Abends in Ursels Hinterzimmer

„Das ist ein Affront", tobte Alois Puvogel, der Leiter des Meisenwalder Männergesangsvereins, bekannter unter dem Künstlernamen „Die Meisen Singers". Zeitgleich zur Weihnachtsfeier der Meisen Singers, die wie gewohnt bei Ursel im Hinterzimmer stattfand, hatte der Kreisverband der Bestatter-Innung (mit eigenem Chor!) ebenfalls zur Weihnachtsfeier geladen. Die fand natürlich nicht bei Ursel statt, sondern im Bestattungsinstitut „Friede", das einem gewissen Björn Graber gehörte. Dana kannte ihn gut, denn ihm gehörte Else, die mächtige Stute, die in der Box neben Pfridolin wohnte.

„Rhabarberschnaps? Der ist gesund!" Ursel machte mit ihrem Tablett die Runde. Die anwesenden älteren Herren kamen dankbar auf das Angebot zurück. Viele waren allerdings nicht da, weil der ein oder andere doch lieber bei der Konkurrenz feierte. Dort sei das Essen sensationell, hieß es. Außerdem servierte Björn selbstgebrautes Bier und hatte es da zu einer gewissen Kunstfertigkeit gebracht. Kein Wunder also, dass Alois Puvogel Blutdruck hatte. Frauen waren traditionell bei Zusammenkünften der Meisen Singers nicht erwünscht, so dass sich Dana wie eine Aussätzige vorkam. Sie wäre auch lieber direkt zu Björns Weihnachtsfeier gegangen, statt mit dem Bürgermeister von Weihnachtsfeier zu Weihnachtsfeier zu tingeln. Doch da sie ihm auch die beiden heutigen Reden geschrieben hatte, hatte er auf ihrer Anwesenheit bestanden. „Damit Sie ein direktes Feedback bekommen" hatte er gesagt. Was er tatsächlich gemeint hatte, war *„Damit sie mir unauffällig vorsagen können"*. Also hatte Dana sich ins Unvermeidliche gefügt, beide Reden in sehr großer Schrift ausgedruckt und sich bei Ursel in unmittelbare Nähe des Mikrofons gesetzt. Das Buffet war bereits eröffnet und hübsch dekoriert. Ursel hatte die von Blacky gefressenen Strohsterne ersetzt und auch neue Tannenzweige spendiert. Irgendwann hatte sich Puvogel wieder beruhigt, die „lieben Meisen Singers und andere lustige Vögel, haha" begrüßt und den Bürgermeister ans Mikrofon gebeten, wo dieser eine – diesmal sehr kurze – Rede hielt. Dana hatte sich das mühsam zusammengesuchte Material für zwei Veranstaltungen aufteilen müssen und so langsam gingen ihr die weihnachtlichen Floskeln aus. Außerdem hatte sich der Bürgermeister für die ganze Arbeit, die sie sich mit der Kaninchenzüchter-Rede gemacht hatte, nicht so wirklich bedankt. Wenn man es genau nahm, war er eher unfreundlich gewesen. Und da war Dana eben jetzt beleidigt.

„… und so wünsche ich Ihnen und Ihren Lieben eine beschauliche Vorweihnachtszeit und ein schönes Weihnachtsfest", beendete Bürgermeister Meerbohm gerade seine Rede.

„Ja, äh, das, äh, war ja eine schöne Rede. Schon fertig? Ja, äh. Kurz und knapp, genau auf den Punkt gebracht", schreckte Alois Puvogel hoch und bedankte sich bei „unserem lieben Herrn Bürgermeister" mit seinem Lieblingslied „Muß i denn zum Städtele hinaus". Die Meisen Singers nahmen Aufstellung und schmetterten lustig drauflos.

Wenn das kein Zeichen war. Dana schnappte sich hastig ein paar belegte Brötchen und folgte dem Bürgermeister, der irgendwas von „viel zu kurz" und „eine Schande" zischelte, nach draußen. An der Garderobe hielt Ursel noch eine Tupperdose für sie bereit. „Mit allen guten Sachen vom Buffet. Wer weiß, was es beim Bestatter Gruseliges zu essen gibt. Noch ein Rhabarberschnaps für den Weg? Der ist gesund!"

Wie sich herausstellte, war es beim Bestatter gar nicht gruselig. Der Empfangsbereich in Björns Bestattungsinstitut war mit mehreren Sitzgruppen gemütlich möbliert, und auf den dazwischen stehenden Särgen waren das Essen und die Getränke angerichtet. Dana tröstete sich mit dem Gedanken, dass ja schließlich alles neu und unbenutzt war und dass Essen und Trinken Leib und Seele zusammenhält. Also aß und trank sie mit Genuss. Besonders gut gefiel ihr, dass es hier keinen Rhabarberschnaps gab.

„Ich kann das Zeug nicht mehr sehen", vertraute ihr Björn an. Der Chor der Bestatter-Innung hatte ein paar Weihnachtslieder geschmettert, der Bürgermeister seine

Rede gehalten („Viel zu kurz, Frau Dirksen! Das wird ein Nachspiel haben!") und nun war man zum gemütlichen Teil übergegangen.

„Gottseidank. Ich glaube, ich habe eine Rhabarber-Allergie. Ich bekomme davon immer Kopfschmerzen", antwortete Dana.

„Nadja auch", kicherte Björn. „Als mein Töchterchen noch zuhause gewohnt hat, hat sie auch oft Rhabarber-Allergie gehabt. Von wegen gesund!" Er zwinkerte.

„Wie geht's ihr eigentlich? Was studiert sie nochmal – Psychologie?"

„Ja genau. Sie will Polizeipsychologin werden."

„Witzig - wie Svens Freundin! Die ist Anstaltspsychologin im Knast."

„Hast du Sven gesehen? Kiki sagte, du wolltest unseren Spring-Coach besuchen?"

„Ja, mit Spring-Coach ist da erstmal nichts. Der macht einen ganz zufriedenen Eindruck und richtet sich im Knast wohnlich ein. Er will uns höchstens eine Spring-Trainerin vermitteln. Er selber legt anscheinend lieber die Füße hoch und turtelt mit seiner Psychologin."

„Vielleicht braucht er einfach mal Ruhe und Zeit für sich", überlegte Björn. „Ich habe im Moment beruflich furchtbar viel um die Ohren und könnte selbst auch gut eine kleine Auszeit vertragen. Seit Nadja nicht mehr hier wohnt und ich mich allein um Else kümmere, kommt die Dame leider oft zu kurz. Und gerade jetzt, wo wir die Quadrille einstudieren, hätte ich schon gern ein paar Unterrichtsstunden genommen, damit es bei der großen Show am ersten Feiertag NOCH besser klappt."

„Die Zuschauer kennen die Quadrille ja nicht, die denken, das müsste so sein", beruhigte Dana, die sich mit diesem Gedanken oft genug selbst getröstet hatte. „Und wer weiß, wenn ich den Schmied nicht bald erreiche, hat mein Leben ohnehin keinen Sinn mehr."

Björn guckte fragend. Also erzählte Dana. Wie der Pfridolin sich das Eisen gezogen hatte, wie oft sie versucht hatte, den Schmied zu erreichen, der aus purer Bösartigkeit nicht ans Handy ging und wie schwer sie es doch ganz allgemein hatte.

„Der Mike war doch gerade erst da. Da hätte er den Pfridolin ja gut mitmachen können", rutschte es Björn heraus. Aber da war es zu spät. Dana hatte sich schon in einen veritablen Tobsuchtsanfall hineingesteigert und Mike mit allen Schimpfwörtern bedacht, die ihr auf die Schnelle eingefallen waren.

„Genauso hat ihn der Hubert auch genannt", kommentierte Björn, als Dana fertig war. „Der hat ihn anscheinend auch gefressen. Fast wären die beiden aufeinander losgegangen."

Dana machte Geräusche, aus denen man ersehen konnte, dass sie nichts dagegen gehabt hätte. „Aber wenn der Hubert den Mike umhaut, kann der doch nicht mehr beschlagen", versuchte Björn, sie zu beruhigen. „Außerdem ist der Hubert viel schlimmer als der Mike, und wenn hier jemand Schläge verdient, dann ist es der Herr Barhufbearbeiter."

Dana guckte fragend und Björn erzählte von Elses Huflederhautentzündung, die sie dank Huberts Hufbearbeitung bekommen hatte. „Die hatte richtige Schmerzen – und warum? Weil ihr der Hubert die Hufe zu kurz gemacht hat. Da hätten Hufeisen drunter gemusst. Das hat mir hinterher der Tierarzt gesagt. Daraufhin habe ich den Hubert zur Rede gestellt und der wurde richtig frech. Der hat Glück gehabt, dass so viele Leute um uns rumstanden. Am liebsten hätte ich ihn einen Kopf kürzer gemacht."

„Da bist du nicht der Einzige", informierte ihn Dana und erzählte von Fenjas Mordplänen.

„Leben am Limit. Tja."

„Tja. Obwohl ich jetzt vielleicht doch ein Rhabarberschnäpschen vertragen könnte."

Mittwoch, der 4.12.
Im Adventskalender: Ein Schaf.

Nachmittags auf dem Petershof

„Hallo Lieblings-Hufschmied", turtelte eine verkaterte Dana mit einem sichtlich verwirrten Mike Kampmann. „Schön, dass du heute Zeit für uns hast!"

„Du hast mich ungefähr dreihundertmal angerufen, da hab ich mir gedacht, ich brings hinter mich und mach dem Pfridolin die Hufe und hab danach ein paar Wochen Ruhe vor euch. Wieso bist du so anhänglich?"

„Das hat nicht nur was mit deinem persönlichen Charme zu tun, sondern mit meinem Rest-Alkohol und der Tatsache, dass ich den Pfridolin bald mal wieder reiten will", informierte ihn Dana. „Hier bitte, das ist das Hufeisen, das er sich gezogen hat."

„Kann ich nicht mehr verwenden, da müssen neue drauf. Die alten sind zu stark abgelaufen." Mike schüttelte den Kopf und sprach mich direkt an: „Nimm dir mal ein Beispiel an deinem spanischen Freund da drüben, der hat sich noch nie ein Eisen gezogen!" Der Lutschi fühlte sich angesprochen und sah zu uns herüber.

Frechheit. Als ob das spanische Mähnenwunder mein Freund wäre. Schlimm genug, dass unsere gemeinsame Besitzerin so tut, als wären wir Brüder. Entrüstet sah ich Mike an. Aber der war längst zum nächsten Anbinder gegangen und tätschelte den spanischen Nichtsnutz, der dort sehr gechillt rumstand und auf die nächste Mahlzeit wartete.

„Kann der Lutschi nicht barhuf gehen?", erkundigte sich die Frau. „Er hat ja eigentlich gute Hufe, und barhuf ist ja doch praktischer. Man muss sich keine Gedanken darüber machen, ob die Eisen halten, und gesünder ist es auch. Sagt jedenfalls Hubert."

„Hubert? Hubert?! Wenn du den Kurpfuscher an eins deiner Pferde lässt, komme ich nicht mehr zu euch", informierte sie Mike, dessen Laune sich mit einem Mal drastisch verschlechtert hatte.

„Aber Mike, was hast du denn? Guck mal, der Pfridolin ist schon ganz nervös."

War ich gar nicht. Ich hatte nur versucht, den Lutschi zu beißen, der heimlich seinen Anbindestrick aufgeknotet hatte, aber zu blöd war, um abzuhauen.

Mike hatte sich wieder beruhigt und mit der Arbeit an meinen Hufen begonnen. Während er mein verbliebenes Hufeisen abnahm, erklärte er Dana, dass Hubert Tenhagen erstens ein ahnungsloser Vollidiot war, der keine Ahnung von Hufbearbeitung hatte. Zweitens aber, und das fand Dana viel interessanter, hatte Hubert seinerzeit Mike die Frau ausgespannt. Es folgten einige nicht zitierfähige Schimpfworte und die Erklärung: „Der Verbrecher hat ihr weisgemacht, dass ich sie betrüge und er der Einzige ist, der sie versteht. Irgendwann hat sie ihm dann geglaubt und sich mit Hubert zusammengetan. Nicht ohne vorher mein Konto leerzuräumen. Dabei hatte ich nix mit anderen Frauen. Also nichts Ernstes."

Das war jetzt zehn Jahre her, aber Mike hatte seinem Rivalen nie verziehen. Auch nicht, nachdem er seine aktuelle Frau geheiratet und mit ihr mehrere Kinder in die Welt gesetzt hatte. „Ich bin extra weggezogen, damit die bloß keinen Kontakt zu dem Vollidioten haben. Stell dir vor, die würden mit Hubert und Tanjas Kindern zur Schule gehen!"

„Ich wusste gar nicht, dass Hubert Kinder hat", staunte Dana.

Mike war inzwischen beim nächsten Huf und murmelte unterdrückt: „Oijoijoi."

„Ist es sehr schlimm?", fragte Dana besorgt.

„Katastrophal, aber nicht aussichtslos. Ich muss mit Kunsthorn arbeiten, weil so viel weggebrochen ist, aber das kriegen wir schon hin."

Dana gelobte, mich künftig nur noch mit Hufglocken aus der Box zu lassen. „Damit der kleine Schatz sich nicht wieder die Hufileins zerstört", flüsterte sie mir zu und fütterte mich mit Leckerli. Ich zeigte mich tolerant und nahm ihr die „Hufileins" nicht übel. Für eine Handvoll Leckerli nehme ich einiges in Kauf.

„Nicht Hubert hat die Kinder, sondern Tanja", erzählte Mike weiter. „Hubert hat sie sitzengelassen und nach allem, was man so hört, zahlt er keinen Unterhalt."

„Die arme Tanja", sinnierte Dana.

„Ja, Hubert ist ein Charakterschwein durch und durch. Snow-Grips?", fragte der Schmied ansatzlos.

„Ja bitte. Hast du auch welche in Pink?"

Hatte er gottseidank nicht. Snow-Grips, das sind diese Gummidinger, die man im Winter unter die Hufeisen bekommt, damit sich der Schnee nicht in den Hufen ansammelt und man wie hinterher wie auf Stöckeln läuft. Also Winterreifen für Pferde. Wogegen sich nichts einwenden lässt, weil das ein angenehm männliches Image gibt. Aber lieber würde ich mich erschießen lassen als mit pinken Snow-Grips rumzulaufen. Also nochmal Glück gehabt. Alles in allem war das mal ein interessanter Schmiede-Termin. Wobei - wenn ich mir noch viel länger angucken muss, wie der spanische Vollpfosten unangebunden am Beschlagplatz steht und sich bei Gott und der Welt einschleimt, werde ich noch zum Tier.

„Wie niiiiiiiiiiiiiedlich", quietschte da die sogenannte Besitzerin. Mikes Kommentar beschränkte sich auf ein Knurren. Was war passiert? Der spanische Doofmannsgehilfe hatte Mikes Werkzeugwagen, der in zwei kleinen Fächern alles enthielt, was Mike so zum Beschlagen brauchte, entdeckt, sich kurz über das

Spielwarenangebot gefreut und war dann daran gegangen, mit dem Maul verschiedene Gegenstände daraus zu entwenden. Soeben verschwand ein Hufmesser zwischen seinen Zähnen.

„Guck mal, er will dir helfen!", jauchzte die Frau in völliger Verkennung der Lage. Aber so kennen wir sie ja. Mike dagegen hatte die Situation durchschaut und pulte dem verpeilten Spaniokel das Hufmesser aus dem Maul.

„Das ist übrigens scharf", informierte er die Frau.

„Ach, der hat sicher Eisenmangel", antwortete die und lachte sich kaputt. Wie war das noch gleich mit dem Restalkohol?

„Apropos niedlich: Wem gehört eigentlich der Zwerg da?" Mike blickte mit zusammengekniffenen Augen auf den Parkplatz, wo Blacky zwischen den geparkten Autos herumschlich. Das weiße Minishetty sah sich nach rechts und links um und suchte hinter dem nächsten Auto Deckung.

„Was macht Blacky da?", erkundigte ich mich bei Bella, die uns vom Paddock aus beobachtete.

„Er observiert", erklärte sie stolz.

„Was observiert er denn?"

„Na, den Parkplatz. Bist du dumm oder was?

„Aber warum?"

„Wir haben unsere Gründe. Und Pläne", erklärte Bella geheimnisvoll.

Freitag, 6.12.
Im Adventskalender: Ein Stiefel.

Auf dem Petershof

Und dann war mit einem Mal Nikolaus. Dana und Guntram hatten am Vorabend hoffnungsvoll ihre Stiefel vor die Tür gestellt und selbige später im Schutz der Dunkelheit befüllt, wobei sie sich darum bemühten, möglichst nur durch den Mund zu atmen. Der Tag hatte sich furchtbar gezogen, bis Dana endlich Feierabend machen und in den Stall fahren konnte. Zum Glück hatte sie daran gedacht, morgens die Nikolaus-Schokolade aus ihren Stiefeln zu holen. Guntram hatte nicht ganz so viel Glück gehabt und war in die Eierlikör-Pralinen gelatscht, die ihm Dana zugedacht hatte. Ab da wurde die Erinnerung watteweich. In ihrem Kopf war nur noch grauer Nebel. Und die Stimme, die laut fragte: „Wer macht denn sowas? Wer bitteschön macht denn sowas?!"

Diese Stimme kannte sie. Dana blinzelte. Langsam öffnete sie die Augen und sah nach oben. Um sie herum standen im Halbkreis Melanie, zwei Sanitäter, Guntram und sein Azubi. Alle sahen besorgt auf sie herab. Melanie hatte die Ohnmächtige vom toten Nikolaus heruntergezerrt und sie liebevoll in eine stabile Seitenlage drapiert, aus der sich Dana soeben selbständig befreite. Sie warf einen kurzen Blick auf den neben ihr liegenden Körper, dem immer noch die von ihr einst so heißgeliebte Silogabel in der Magengegend steckte, kreischte kurz und sprang auf.

„Ja, wer macht denn sowas. Das möchte ich aber auch wissen", antwortete sie böse. „Mich hier zu Tode erschrecken, bloß weil irgendwer seine Leiche nicht gescheit beseitigen kann."

„Es ist Hubert", erklärte Melanie.

„Das macht jetzt auch keinen großen Unterschied. Leiche ist Leiche, und ich finde Leichen nun mal furchtbar. Und ausmisten werde ich auch nie wieder können."

„Zumindest heute nicht, weil das ja ein Beweismittel ist", verkündete Guntram. „Der Azubi macht sich sicher gern nützlich und sucht dir eine andere Mistgabel."

„Danke, Chef", muffelte Jonas.

Der hat ja eine Laune! Und das alles, weil die Polizeiwache umzieht. Da sollte man doch meinen, dass er ein bisschen aufgeschlossener für Veränderungen ist. Oder liegt es an der Weihnachtsfeier?, dachte Guntram.

Natürlich lag es an der Weihnachtsfeier, auf die sich Jonas schon gefreut hatte. Im Grunde seines Herzens vergötterte er seinen Chef, weil der oft grenzgeniale Eingebungen hatte und im Umgang auch ausgesprochen locker war. Angefangen damit, dass er jeden duzte - außer POM Wollmeier und die Handvoll Leute, die ihm unsympathisch waren – bis hin zu seiner Begeisterungsfähigkeit und seinem überbordenden, ehrlichen Interesse an den Menschen, mit denen er es zu tun hatte. Und jetzt hatten sie einen richtigen, echten Mordfall und er sollte eine Mistgabel suchen, statt wichtige Ermittlungen zu führen. Schlechtgelaunt dackelte er los.

Guntram wandte sich an den einen Sanitäter: „Wo bleibt denn der Notarzt? Wir brauchen einen Totenschein."

„Ich eile, ich fliege", verkündete der Notfallmediziner, der zeitgleich um die Ecke bog. „Man sagt ja immer, Reiten wäre gesund, aber so langsam komme ich zu der Erkenntnis, dass dem nicht so ist. Sie haben ja mit ihrem Reitstall ein Abo bei uns!", wandte er sich an Kiki.

„Jetzt hacken Sie nicht noch drauf herum, wir machen das bestimmt nicht absichtlich", erwiderte die.[5]

---

5 Nachzulesen hier: Pfridolin Pferd, *Tod im Misthaufen, Tödlicher Tierarzttermin, Tödliche Traversale*

Der Arzt untersuchte die Leiche oberflächlich („Kein Puls – würde mich auch wundern, mit dem Mordinstrument im Magen. Und bei dem Blutverlust…"), pfiff durch die Zähne (Dana erkannte *Spiel mir das Lied vom Tod*) und machte sich an die Ausstellung des Totenscheins. „Was kreuze ich denn an - *Natürliche Todesursache?* Natürlich ist der tot, bei der Verletzung. Aber tatsächlich muss ich *Ungeklärte Todesursache* ankreuzen, damit behördlich alles seinen geregelten Gang geht. Verrückte Welt." Sprachs und entschwand. Die Zurückgebliebenen tauschten ratlose Blicke. Guntram fand als erster die Sprache wieder. „Der Herr Doktor scheint ein Philosoph zu sein. Hoffentlich ist er als Mediziner besser." Dann fiel ihm etwas ein und er rief: „Herr Doktor, können Sie schon etwas zum Todeszeitpunkt sagen?" „Der liegt maximal zwei Stunden zurück!", rief der Notarzt. „Jetzt brauchen mich die Lebenden." Sie hörten, wie der Notarzt mit Blaulicht und Martinshorn vom Hof fuhr.

Schnelle Schritte näherten sich. „Chef, die Mistgabel!", meldete sich Jonas zurück.

„Danke. Stell sie hier an die Wand. Soooooo, der Totenschein ist ausgestellt, was müssen wir jetzt tun?" Er sah Jonas fragend an.

„Spuren sichern!"

„Ganz genau. Darum kannst du dich kümmern. Fotografier erst mal alles und mach eine Skizze."

„Soll ich auch Fingerabdrücke nehmen?"

Guntram sah sich ratlos in der Stallgasse um. „Ich glaube, es reicht, wenn wir die Mistgabel mitnehmen und sie im Labor untersuchen lassen. Heutzutage trägt jeder Mörder Handschuhe. Und weil hier zehn Pferde wohnen, deren Besitzer, Reitbeteiligungen und sonstige Besucher Spuren hinterlassen haben, können wir uns den Rest sparen."

Jonas guckte enttäuscht. Sein Gesicht hellte sich aber

sofort wieder auf, als ihm Guntram den Spurensicherungskoffer in die Hand drückte.

Dana sprach Kiki an: „Übrigens danke für die Nikolaus-Geschenke. Warum hatte Hubert eigentlich ein Nikolaus-Kostüm an?"

„Die Sachen sind nicht von uns", antwortete die verwirrt. „Wir hängen sonst jedes Jahr eine Kleinigkeit an die Boxen, aber dieses Jahr dachte mein Vater, meine Mutter würde sich darum kümmern und die dachte, mein Vater hätte es gemacht. Aber tatsächlich war es keiner von beiden, sondern wahrscheinlich Hubert."

„Aber was Hubert dazu getrieben hat, sich zu verkleiden und uns zu beschenken, werden wir wohl nie erfahren", fasste Melanie zusammen.

„Möchte jemand einen Rhabarberschnaps auf den Schock?", erkundigte sich Kikis Mutter, die mit einem Tablett auf der Stallgasse erschienen war. „Der ist gesund!"

***

Später im Reiterstübchen

„Also für mich ist Mike der Hauptverdächtige", erklärte Dana. „Der hat mir gestern Dinge über Hubert erzählt, da fällt euch nix mehr zu ein. Mike hasst ihn seit zehn Jahren."

„Was ist mit Hubert-ich-bring-ihn-um-Fenja?", erkundigte sich Melanie. Nachdem Jonas mit der Spurensicherung fertig geworden war, hatten sich alle ins warme Reiterstübchen gesetzt, wo Guntram mit seiner unleserlichen Handschrift sein Notizbuch vollkritzelte.

„Der fehlt die nötige Kraft", lehnte Guntram ab. „So eine Silogabel ist schwer, und man muss kraftvoll zustoßen, damit sie im rechten Winkel steckenbleibt."

„Wenn Hubert schon lag, könnte man mit dem Fuß nachhelfen. Wie bei einem Spaten", schlug Melanie vor.

„Doch nicht die elfenhafte kleine Fenja", winkte Dana ab. „Dann schon eher einer von den anderen Pferdebesitzern, deren Pferde Hubert geschlagen und getreten hat."

„Geschlagen? Getreten? Doch nicht meinen Faxebären, oder?", erkundigte sich Melanie besorgt.

„Ich glaube, dein Faxebär kann auf sich selbst aufpassen", beruhigte Dana. „Nein, ich tippe auf Mike. Weil ihm Hubert vor zehn Jahren mit diversen Lügengeschichten die Frau ausgespannt hat und die zukünftige Ex ihm daraufhin das Konto leergeräumt hat. Seitdem hasst er Hubert. Und genug Kraft hat er auch."

„Stimmt, letztens hätte nicht viel gefehlt und die beiden wären aufeinander losgegangen. Das scheint auf Gegenseitigkeit zu beruhen."

Das reichte Guntram. „Komm, Jonas, wir fahren zu Familie Kampmann und finden heraus, ob der Hufschmied ein Alibi hat."

Jonas war begeistert. Endlich wurde mit Hochdruck ermittelt und er war mittendrin.

„Du darfst den Spurensicherungskoffer schleppen", ordnete Guntram an. „Und mitschreiben."

Unter Hochdruck verstand offensichtlich jeder etwas anderes. Jonas hievte den schweren Koffer hoch und wankte hinter Guntram zum Wagen.

***

Noch später im Stall

„Jetzt schmatzt mal nicht so laut, ich muss nachdenken!" Endlich war Ruhe in den Boxen. Man hörte ein empörtes kollektives Einatmen – das waren die Stuten – und geschäftiges Kauen – das waren die Wallache, denen man den Appetit nicht so leicht verderben konnte.

„Nachdenken? Für mich sieht das aus wie fressen", lästerte Faxe, der sich in der Nachbarbox über das Stroh hermachte, weil er sein Heu schon verputzt hatte.

„Und mit fressen kennst du dich aus, gell, Specki?", erwiderte ich. „Lass mich mal in Ruhe ermitteln, denn damit kenne ich mich aus." Mein stählerner Blick schien ihn nicht zu beeindrucken, denn er kaute ungerührt weiter.

„Ihr kennt mich, ich bin kein Angeber." Else guckte skeptisch, aber ansonsten regte sich kein Widerspruch. So einfach hatte ich es mir nicht vorgestellt. „Aber meine besondere Nervenstärke und meine herausragende Intelligenz befähigen mich zur Lösung der schwierigsten Probleme. Aus diesem Grund werde ich die Ermittlungen übernehmen und den Mörder, der hier frei herumläuft, seiner gerechten Bestrafung zuführen."

„Tschuldigung, ich hab nicht zugehört", unterbrach mich Stuti mit einem hinreißenden Augenaufschlag. „Wer außer den Minishetties läuft hier frei rum, und könnte derjenige nicht unsere Boxentüren öffnen und die Futterkammer gleich mit?"

Ach Stuti. Du und ich, wir könnten gemeinsam essen gehen und danach romantische Dinge tun. Ich sah ihr tief in die Augen und überlegte, in welch geschliffenen Worten ich ihr mein Herz zu Füßen legen würde. Aber die Neider lauern überall und der rosa Nebel vor meinen Augen lichtete sich im selben Moment, als Faxe meine Angebetete unaufgefordert darüber informierte, dass die Minishetties seines Wissens bereits an einer Lösung arbeiteten. Typisch Tinker. Da ist man einmal emotional und sie gönnen es einem nicht.

„Doll, die Zweage. Wat die imma für Ideen haben. Da krich ich direkt Hüngerchen", mischte sich auch Companero ein.

Das muss man sich mal vorstellen: Ich Armer mit der kürzesten und schiefsten Mähne im Stall kann eigentlich nur noch rhetorisch punkten beziehungsweise durch mein Genie und meinen Charme überzeugen. Und da kommen diese Vollhonks mit den fluffigen langen Mähnen daher, schielen lasziv durch ihren üppigen Schopf, der so lang ist, dass sie sich damit die Nase putzen können, und wollen mir mein Mädchen wegnehmen. MEIN Mädchen. Das gerade mit MIR gesprochen hat. NICHT mit Faxe. Und auch nicht mit Companero. Mit mir allein.

„Das ist eine Unverschämtheit! Ruhe jetzt, wenn ich mich mit meiner Freundin unterhalte!"

„Und ich dachte, ich wäre deine Freundin?", fragte Else, aber das nahm ich nicht ernst, die wollte nur stänkern.

„Und was ist mit mir?", fragte die schöne Peppy. Sensationell, jetzt hatte ich sogar Chancen bei der schönen Peppy! Läuft bei mir, würde ich sagen. Die Mädels stehen eben auf so coole Ermittlertypen wie mich.

Faxe guckte sehr böse. Eigentlich war Peppy seine Freundin. „Eifersüchtig, Dickerchen?" Ich hatte sowas von einen Lauf.

„Nur Spaß, Schatz. Keiner hat so eine Ausstrahlung wie du", zwinkerte Peppy ihrem Faxe zu. Super. Jetzt hatte ich mich vor versammelter Mannschaft lächerlich gemacht.

Mir platzte der Kragen. „Herrgott nochmal. Immer diese blöde Romantik und dieses blöde Fressen! Können wir die Kleinkriminellen jetzt einmal außen vor lassen und uns auf die wirklichen Verbrecher konzentrieren?"

Stuti guckte beleidigt und senkte die Nase wieder ins Heu. Else bedeutete mir, ruhig weiterzureden, sie würde mir ohnehin nicht zuhören, weil ich für sie gestorben wäre. Was ich auch tat, allerdings mit deutlich weniger Schwung als zuvor. „Also. Ahem. Der Mörder. Hat Hubert ermordet und ich werde ihn ausfindig machen. Weil ich es kann. Du, Faxe, kannst mein Gehilfe sein."

Faxe erklärte, er hätte weder Zeit noch Lust. Außerdem wäre ich nur Hobbypolizist.

„Falsch, das heißt Privatdetektiv", wies ich ihn zurecht und wandte mich an den Lutschi: „Was ist mit dir, Zottelzwerg? Lust auf einen intellektuellen Höhenflug?"

Der Lutschi sah mich sprach- und verständnislos an.

„Nicht den Lutschi ärgern, der ist voll süß." Jetzt fiel mir auch noch Stuti in den Rücken.

„Das ist wichtig für seine Erziehung", bügelte ich sie ab. „Nicht wahr, Lucero, mein Junge?"

„Eßßen ist auch wichtig", lispelte der. „Wirrr können errrmitteln, wenn ferrrtig mit Eßßen."

Also nie. Das waren ja tolle Aussichten.

Samstag, 7.12.
Im Adventskalender: Ein Schlitten.

In der Gabriel-Ullrich-Grundschule

„Nä, der wor net do." Mit unerschütterlicher Gelassenheit bekräftigte der Schulhausmeister, dass Mike Kampmann kein Alibi hatte. „Hee wor keen Elternovend. Isch weeß net, wer üsch so ne Driss verzällt hätt."[6]

Guntram und Jonas standen in der Hausmeisterwohnung der Gabriel-Ullrich-Grundschule, weil ihnen Mike Kampmann bei der Befragung am Vorabend erklärt hatte, er wäre zur Tatzeit in der Schule gewesen, und zwar auf einem Elternabend. Seine Frau hatten sie noch nicht befragen können, weil Simone bei einer Freundin war und Mike auf die Kinder aufpassen musste. Überhaupt war die Befragung recht kurz ausgefallen, weil Marcella und Joris regen Anteil am Gespräch nahmen und jede Antwort ihres Vaters lautstark wiederholten. EL-TERN-ABEND krähten sie vergnügt, und NEIN und KEI-NE AH-NUNG, WAS SIE MEI-NEN. AUF WIE-DER-SE-HEN, verabschiedeten sich die Polizeibeamten und verabredeten sich für den nächsten Tag, um Mikes Alibi zu überprüfen. Und jetzt war es Samstag und sie standen in der unaufgeräumten Wohnung des Schulhausmeisters, der ihnen mitteilte, dass es keinen Elternabend gegeben hatte. „Escht net. Wenn isch et üch doch saach. Vogel der Name. Jünter Vogel." Er streckte grüßend die Hand aus, die von Guntram ergriffen und geschüttelt wurde. Dann fiel sein Blick auf die Kartonstapel in der Diele. Oxy-Magic 3000D, las er auf den gleichlautenden Beschriftungen.

---

6 Nein, der war nicht hier. Hier war kein Elternabend. Ich weiß nicht, wer euch so einen Quatsch erzählt hat.

Günter Vogel hatte gemerkt, dass sich Guntram in der Wohnung umsah und beeilte sich zu erklären: „Ming Frau is fott. Minge Broder und isch han een janz dolle Firma jehatt. Hätt äwer net su jeklappt, wie mer uns dat fürjestellt han. Lurense ens, dat han mir verkooft: Luftumwandler."[7]

„So viele haben Sie ja davon nicht verkauft, oder? Was macht denn so ein Luftumwandler?"

„So ne Luftumwandler ist ne joode Sach. Dä wandelt Luft um, wie dä Name ald sähd. Dä neutralisiert schädliche Stoffe und macht joode, jesonde Luft do erus", erklärte Vogel und überreichte Guntram einen der Pappkarton. „Lurense ens erin. Nehmense zum Beispiel Kemmtreels."

„Kemmtreels?", fragte Guntram.

„Chemtrails. Flugzeugabgase. Diese Kondensstreifen am Himmel", erklärte Jonas.

„Falsch, min Jung! Die Kemmtreels sind von dä Regierung. Da sind Schemikalien drin, mit denen die da owwe uns manipuliere."

Guntram hatte inzwischen den Karton geöffnet und einen hellgrauen Kunststoffwürfel herausgeholt. Die Oberseite des Würfels hatte Belüftungslöcher.

„Hee lurens. Hee jeht die Schemie erin, wird umjewandelt und kütt do als joode Luft wieder erus. Und dat zum Schnapperpreis von vierhundertneunundneunzisch Euro!"

Dort, wo der Boden eingepasst worden war, konnte man eine Fuge sehen. Neugierig schüttelte Guntram den Würfel, worauf der in zwei Teile auseinanderfiel.

„Da ist ja außer einem Duftbaum nichts drin", teilte Guntram mit.

„Se han et kapott jemaht, jetzt müssense et ooch koofe",

---

7 Meine Frau ist weg. Mein Bruder und ich hatten eine ganz tolle Firma. Die ist aber nicht so gelaufen, wie wir uns das vorgestellt haben. Schauen Sie mal, das haben wir verkauft: Luftumwandler.

echauffierte sich Vogel.

Guntram bot im Gegenzug eine Strafanzeige wegen Betrug an, was den Schulhausmeister nicht fröhlicher stimmte. Man habe die Ware ja schließlich selbst teuer gekauft und das sei genau die Einstellung, die dazu führe, dass die Gesellschaft vor die Hunde gehe. Nicht genug damit, dass man seinen Bruder und ihn in die Insolvenz getrieben habe, nein, jetzt verfolge ihn die Staatsmacht bis nach Hause, um ihn dort zu schikanieren. All das in leidenschaftlichem Kölsch vorgebracht, bis es Guntram zu bunt wurde und er Günter Vogel anbot, ihn mit zur Wache zu nehmen, um sich dort zu beruhigen.

„Es ist mir unerklärlich, warum die Firma der beiden pleite gegangen ist", sinnierte Guntram auf dem Weg zurück ins Polizeipräsidium. Vogel hatte glücklicherweise Ruhe gegeben und so viel Vernunft angenommen, das von Jonas spontan angefertigte Vernehmungsprotokoll zu unterzeichnen, so dass Guntram und Jonas ungestört zurück nach Meisenwald fahren konnten, um Mike Kampmanns Verhaftung vorzubereiten.

***

Währenddessen auf dem Petershof

Am nächsten Morgen auf dem Paddock fiel es mir wie Schuppen aus den Haaren: Was hatte ich mir nur dabei gedacht? Jetzt hatte ich nicht nur das minderjährige Mähnenwunder am Bein und war quasi sein Erziehungsberechtigter, sondern musste außerdem auf meinen bewährten Assistenten Faxe verzichten, weil der lieber seinen geheimnisvollen Launen nachgeben als mir zuarbeiten wollte. Schnell machte ich eine Rechnung auf: Pfridolin minus ein Assistent plus ein nerviger Klotz am Bein gleich kein Dream-Team. Wenigstens hat der Spanier nützliche Talente, erinnerte ich mich. Knoten lösen und

Gegenstände klauen konnte nochmal praktisch werden. Wobei das bei uns, die auf der richtigen Seite des Gesetzes stehen, natürlich nicht klauen heißt, sondern beschlagnahmen. Von so einer zünftigen Beschlagnahme hängt bisweilen der Ermittlungserfolg ab. All das setzte ich dem Lutschi in wohlgeordneten Worten auseinander. Der staunte mich nur an und wollte spielen. Spielen! Herrjesses, wir müssen in einem Mordfall ermitteln und der Kerl will spielen! Dann dämmerte es mir. Der Lutschi war ein wandelndes Ablenkungsmanöver. Keiner, der ihn sah, rechnete damit, dass er in Wirklichkeit ausgespäht wurde und ihm mein Ermittlerauge bis in die Abgründe seiner Seele schaute. Zufrieden nahm ich einen Bissen Heu.

Zum Glück bin ich ja ein Naturtalent und dieses Ermitteln fällt mir leicht. Auch strategisches Denken ist eine meine ganz großen Stärken. Was machte man nochmal als Erstes? Richtig, Verdächtige suchen.

„Wer konnte denn den Hubert alles nicht leiden?", fragte ich meine Mitwallache. Die Stuten auf dem Nachbarpaddock würden sich eh selbständig einmischen, da war ich mir sicher.

„Hier, ich!" Das war Faxe.

„Ich mochte den auch nicht", verkündete John-Boy, unser Senior, der uns sonst den Tag mit seinen senilen Sprüchen verdarb. Das war sein erster konstruktiver Beitrag seit Monaten.

„Voll fies war der." Klar, dass Donnyboy im Team Anti-Hubert war.

„Hubert wusste überhaupt nicht, wie man mit einer Dame umgeht." Es war nur eine Frage der Zeit gewesen, wann sich Else unaufgefordert einmischte.

„Huuuuuuubert – iiiiiiiiieh!" Keine Ahnung, was Peppy gegen ihn hatte, aber sie hielt damit nicht hinterm Berg.

„Wieso ist das eigentlich wichtig? Man sollte doch

meinen, dass es bei deinen Ermittlungen um Menschen geht, die was gegen Hubert hatten. Von uns konnte ihn keiner leiden, aber es ist ziemlich offensichtlich, dass ihn kein Pferd getötet hat, oder?" Stuti sah hinreißend aus, wenn sie sich echauffierte.

„Du süße Maus, du", lächelte John-Boy verträumt.

„Hallo. ICH ermittle hier. Und du hast mit Stuti mal rein gar nichts zu schaffen", erinnerte ich den lüsternen Greis.

„Das kann Stuti sicherlich selbst entscheiden", erklärte Else.

„Ich finde John-Boy süß. Genau wie den Lutschi", meinte Stuti.

„Das irrst du dich. Du findest MICH überragend und die anderen so semi", erinnerte ich sie. „Weil ich der coole Ermittler bin und natürlich weiß, dass der Mörder ein Mensch war. Das ist doch sonnenklar."

„Gar nichts ist hier klar. Du stellst die falschen Fragen!" Jetzt war Stuti wirklich fuchtig.

„Falsch, ich stelle die richtigen Fragen." Das konnte ich mir nicht gefallen lassen. „Du musst mir meinen Job nicht erklären!"

„Hobbypolizist!" Stutis Augen blitzten böse. Ich hatte mich geirrt. JETZT war sie wirklich fuchtig.

John-Boy seufzte genießerisch: „Ich mag Mädchen mit Temperament!"

„Das ist mein Text, Opa", erinnerte ich ihn. Aber da war er schon leise summend zum Zaun geschlendert, der unser Paddock vom Stutenpaddock trennte.

„Komm doch, liebe Kleine, sei die meine, sag' nicht nein.

Du sollst bis morgen früh um neune meine kleine Liebste sein",

hörte ich und bekam direkt ein nervöses Zucken ums Auge herum.

„Wo sie recht hat, hat sie recht", kanzelte mich nun auch noch Else ab.

Ich hörte gar nicht zu, sondern schnappte mir den Lutschi: „Lucero, mein Junge, sag mir doch mal, wer alles den Hubert nicht leiden konnte. Aber nur Menschen, keine Pferde, verstehst du?"

In seinen Augen glomm ein winziger Funke des Verstehens. „Si, Menßen. Dana, Guntrrram, Kiki, Melania, Uberrrrt..."

„Nein, da irrst du dich, du kleine Brezelbirne. Hubert ist tot", erinnerte ich ihn.

„Uberrrt!" insistierte mein zottelhaariger Nachwuchs-Assistent.

„Der zählt alle Menschen auf, die er kennt", erklärte Else, etwas von oben herab.

Ich hasse es, wenn sie so auf mich herabguckt. Aber was sollte ich tun, mit meinen 1,62 Stockmaß kam ich gegen ihre Reitelefantenqualitäten einfach nicht an. Ich probierte es mit einem neuen Ermittlungsansatz. „Gut, Lutschi. Du kennst viele Menschen. Das ist schön. Aber hast du vielleicht gesehen, wie jemand dem Hubert die Mistgabel in den Bauch gepiekt hat?"

„Uberrrt. Mißtgabel. No."

„Kannst du dir vorstellen, wer das gemacht haben könnte?"

„Ein böserr Menß?", riet der Lutschi.

Mein nervöses Zucken wurde schlimmer.

**

Immer noch Samstag. Bei Mike Kampmann zuhause.

„Kein Alibi heißt, kein Alibi. Was gibt es denn da nicht zu verstehen?" Hubert und Jonas hatten Mike bei sich zu Hause abgefangen und ihm als erstes das Handy abgenommen. Anscheinend hatte der Schmied seit dem Vorabend mehrfach versucht, einen gewissen Günter

Vogel anzurufen.

„Viele Menschen haben kein Alibi", wehrte Mike ab.

„Aber nicht jeder von denen hat so ein glasklares Motiv und die Gelegenheit. Das ist ja das, was man als erstes auf der Polizeischule lernt, stimmts, Jonas?"

„Fachhochschule. Das heißt jetzt Fachhochschule."

„Aber Motiv und Gelegenheit heißen immer noch so, oder?"

Da musste ihm Jonas rechtgeben.

„Also, jetzt mal Butter bei die Fische. Wo warst du tatsächlich gestern zwischen sechzehn und achtzehn Uhr?"

„Das sage ich nicht", stieß Mike zwischen zusammengebissenen Zähnen hervor.

„Das musst du auch nicht. Wir wissen, dass du hier warst und Hubert umgebracht hast."

„Dazu müsst ihr erstmal Fingerabdrücke von mir finden", erklärte Mike.

„Das werden wir auch, da bin ich mir ganz sicher", winkte Guntram ab. „Jonas, zieh dem Mike die Handschellen an und kläre ihn über seine Rechte auf."

Das war ein echtes Highlight in Jonas' Polizeikarriere. Mit wichtiger Miene fesselte er Mike die Hände auf den Rücken und informierte ihn darüber, dass er das Recht hatte, zu schweigen und einen Anwalt anzurufen.

„Das ist aber ein Widerspruch in sich", fand Mike und Guntram konnte ihm da nicht widersprechen.

***

Währenddessen auf dem Petershof

„Und jetzt auf dem Zirkel geritten", kommandierte Kiki alias Frau Reitlehrerin. Wir hatten Reitstunde – oder wie ich es nenne: Fleischtransport. Die sogenannte Besitzerin hat nämlich meiner Meinung nach zu viel Freizeit. Da kommt man leicht auf dumme Gedanken, wie zum Beispiel reiten. Reiten ist in meinem Fall die Abkürzung für „Ich schleppe jemanden herum, der die meiste Zeit seines Lebens nicht weiß, wo sich seine Körperteile gerade befinden." Ähnlich verlaufen auch unsere Reitstunden. Wenn nicht gerade zu nervtötender Glöckchen-Musik Quadrille geritten wird und sich alle gegenseitig über den Haufen reiten, gibt es im Winter wenig Alternativen zum Hallenturnen. Der Reitplatz ist gefroren, ins Gelände traut sich die Frau nicht, weil sie Angst hat zu erfrieren – wobei sie da unbesorgt sein kann, ich würde uns schon einheizen –, da bleibt nur noch die Reithalle.

Für manche meiner Zeitgenossen ist sie ein Ort des Schreckens, weil in jeder Ecke Gespenster lauern. Für andere ist sie wie Kinderkarussell ohne Karussell, weil man da nur im Kreis laufen kann. Und für den Lutschi ist sie ein „ßehrrrr ßöner Orrrt, weil da leckerrrre Sssachen ßind", wie er mir kürzlich anvertraut hat. Und da musste ich ihm rechtgeben: bei näherem Hinsehen überwand ich meinen anfänglichen Unglauben, denn ich fand überall Tannenzweige und sogar mehrere sehr schmackhafte Tannenbäume. Verrückt, oder? Wer hätte gedacht, dass mir das minderjährige Mähnenwunder zu solchen Erkenntnissen verhelfen würde? Gerührt knabberte ich weiter an der Weihnachtsdeko. Das ist bestimmt dieser Geist der Weihnacht, von dem man so viel hört.

Was aber tatsächlich an meine Flauscheöhrchen drang, war die Stimme der sogenannten Besitzerin, die auf sehr unweihnachtliche Art „Lass das", zischte. „Und geh weiter!"

Frechheit. Ich esse gerade, da kann sie wohl mal eben warten, bis ich fertig bin, oder?

Aber nein, Madame hatte es offensichtlich eilig. Widerstrebend setzte ich mich in Bewegung. „Auf dem

Zirkel geritten", wiederholte Kiki.

Gehorsam legten wir ein Achteck an.

„Bitte rund!"

Wir können nur diese Sorte Zirkel, was erwartet sie von uns? Aber ich bin ja hier nur das Pferd, also wartete ich erst mal ab, ob es irgendwelchen Input von oben gab. Also nicht, dass ich an höhere Mächte glaube, aber die Frau hockte mir ja nun mal im Kreuz und da die immer Chef sein will, habe ich freundlicherweise und vorübergehend die Initiative an sie abgetreten. Sie schwankte ein bisschen und hielt sich an den Zügeln fest. Das konnte alles und nichts bedeuten. Ich steuerte Frau Reitlehrerin an, die in der Mitte des Zirkels stand. Merke: In der Bahnmitte ist es immer nett. Weil die Frau ja nicht gleichzeitig reiten und zuhören kann, stehe ich in der Reitstunde viel rum. Meist neben Frau Reitlehrerin, damit die besser erklären kann. Was sie jetzt auch tat.

„Ein Zirkel ist ein großer Kreis", begann sie.

„Weiß ich doch", meckerte die Frau.

„Warum seid ihr beide dann hier in der Bahnmitte und nicht draußen auf der Zirkellinie?", fragte Frau Reitlehrerin.

„Ich, äh, wollte nachgurten", log die Frau.

„Ich baue euch etwas mit Pylonen auf", teilte Kiki mit. „Dann kannst du dich besser darauf konzentrieren, den Pfridolin über deinen Körper zu lenken."

„Ja, schlimm, immer diese Störungen. Da kann man sich gar nicht konzentrieren."

Erwähnte ich bereits, dass Kiki eine große Diplomatin ist? Das muss man wahrscheinlich in dem Beruf auch sein, wenn man nicht von schlechtgelaunten Reitschülern geteert und gefedert werden will. Anders als ich armer Schatz. Mein Job in der Reitstunde ist es, alles schuld zu sein. Findet jedenfalls die Frau.

„Während ich euch die Pylonen hinstelle, kannst du schon mal dein Becken lockern, indem du damit liegende Achten beschreibst. Das ist eine ganz hervorragende Übung für die Koordination", sagte Kiki und verteilte die bunten Kunststoffhütchen in der Reithalle.

„Wers glaubt", maulte Dana und dachte: *Das sieht doch wieder saudumm aus. Ich will gescheit Dressur reiten, Himmelherrgott!*

Ich weiß ja nicht. Ich finde dieses Hüftenschwingen eigentlich ganz angenehm und passend zu meiner Schrittbewegung. Irgendwann drang diese Erkenntnis auch zu meiner Reiterin durch, jedenfalls hörte sie das Diskutieren auf und widmete sich stattdessen hingebungsvoll ihren liegenden Achten. Sogar mit Richtungswechsel!

Ich war beeindruckt. Irgendwann ging es dann wieder ans Antraben und das kleine Steifftierchen auf meinem Rücken konnte locker mit der Bewegung mitgehen und Wendungen aus dem Sitz heraus reiten. Ich verrate euch jetzt mal einen Trick: Wenn die Frau sich doll auf ihren Weg durch den Hütchendschungel konzentriert, gibt sie mir aus Versehen mit ihrem Körper verständliche Anweisungen. Sie glaubt dann immer, sie könnte reiten.

„Das ist ja wie Working Equitation", rief die Frau begeistert nach einer besonders gelungenen Runde.

„So ähnlich", lächelte Frau Reitlehrerin. Erwähnte ich bereits, dass sie sehr diplomatisch ist?

„Und als nächstes Piaffe", verkündete die Frau. Ich glaube nicht.

***

Auf dem Polizeirevier

Während Mike Kampmann auf seine Vernehmung wartete, teilte Guntram Susanne und Siggi Wollmeier zu einer Allgemeinen Verkehrskontrolle ein. Er wollte die Vernehmung nämlich in Ruhe durchführen und Wollmeiers cholerische Persönlichkeit störte dabei ganz gewaltig.

Wollmeier schmollte. Eigentlich hatte er Susanne beim weihnachtlichen Schmücken der Dienstzimmer helfen wollen, andererseits waren Verkehrskontrollen sein Ein und Alles. Er konnte sich gar nicht mehr daran erinnern, wie viele Meisenwalder sich wegen ihm einen neuen Verbandskasten hatten zulegen müssen. Er seufzte wohlig. Verbandskasten überprüfen war für ihn das Größte. Das und Falschparker aufzuschreiben, wo er aber in starker Konkurrenz zum Ordnungsamt und zum Rentner Friedhelm Brösmann stand, der das Anzeigenschreiben hobbymäßig betrieb.

Aber gerade heute, bei dem Nieselregen draußen, wollte er lieber den dienstlich beschafften Spekulatius knabbern und Susanne von der warmen Heizung aus die Tannenzweige anreichen und später auch die Christbaumkugeln. Und wenn man dabei noch den unfähigen Chef auf Fehler bei einer Verdächtigen-Vernehmung hinweisen konnte, umso besser. Das war ja überhaupt eine Frechheit gewesen. Da gab es endlich mal einen vernünftigen Fall und wer durfte ihn bearbeiten? Der Chef und der Azubi. Ausgerechnet. Und der beste Mann wird auf Verkehrskontrollen und einen Taschendieb angesetzt. Wollmeier machte einen entsprechenden Eintrag in sein Mobbing-Tagebuch.

„Also ich finde das eine Unverschämtheit", erklärte er Susanne, als beide im Streifenwagen saßen und Verkehrsüberwachung betrieben. Der Streifenwagen war am Ortseingang von Meisenwald mit laufendem Motor entgegen der Fahrtrichtung in einer Bushaltestelle geparkt.

„Damit wir alles beobachten können und warm und trocken sitzen", wie Wollmeier erklärte. „Haben Sie schon viele Verkehrskontrollen gemacht?", erkundigte er sich, während er Brötchenkrümel von seiner stets frisch gebügelten Uniform wischte. Man hatte ausgiebig gevespert, um sich für den nervenaufreibenden Polizeialltag zu stärken. „Nicht? Keine Sorge, das haben Sie ruckzuck raus. Am wichtigsten sind die Verbandskästen. Da zeigt sich am ehesten die kriminelle Energie."

„Am Verbandskasten?"

„Am abgelaufenen Verbandskasten", betonte der kleingewachsene Polizeibeamte und blickte hingerissen zu Susanne auf, die ihn auch im Sitzen um mindestens einen Kopf überragte. „TÜV, Fahrzeugpapiere, Führerschein - alles in Ordnung, aber der Verbandskasten ist seit drei Wochen abgelaufen. Ich nenne das kriminell."

„Eigentlich sind wir ja vollkommen überqualifiziert", fand Susanne. „Uns hätten sie mal den Tatverdächtigen vernehmen lassen sollen, dann hätten wir jetzt schon ein Geständnis!" Unter der Uniform spielten ihre Muskeln, als sie mit der flachen Hand gegen die geballte Faust schlug. Wohlige Schauer überliefen Wollmeier.

„Überhaupt, wo gibts denn sowas, dass der Azubi allein mit dem Chef loszieht. So lernt der doch nichts", bekräftigte er. „Und seine besten Leute teilt er für Verkehrskontrollen ein. Und um diesem Seriendieb hinterher zu ermitteln."

„Wollmeier, wissen Sie was? Erst schnappen wir uns den Seriendieb und dann den Mörder. Wir sind doch die besseren Ermittler und irgendwas sagt mir, dass dieser Hufschmied nicht der Täter war."

Wollmeier kam nicht dazu, zu antworten, denn in diesem Moment ertönte ein durchdringendes Hupen. Ein Bus wollte die von ihnen blockierte Haltestelle ansteuern und hupte den geparkten Streifenwagen an.

Wenn Wollmeier und Susanne Bremer eins gemeinsam

hatten, dann war das ein ganz kurzer Geduldsfaden und ein explosives Temperament. Beide sprangen aus dem Auto und nötigten den Busfahrer mit vorgehaltener Dienstwaffe zum Aussteigen.

„Hände aufs Fahrzeug und keine Bewegung, sonst ...“ drohte Wollmeier, während die Kommissarin den Busfahrer durchsuchte.

„Alles Fälschungen, aber gut gemacht“, urteilte sie, als sie seine Brieftasche durchsah. „Mitkommen, Bürschchen, aber zackig!“, herrschte sie den Busfahrer an.

„Er hat gesagt, ich darf mich nicht bewegen“, antwortete der Angesprochene mit zitternder Stimme.

„Wirklich?“ Die breitschultrige Blondine beugte sich über den Busfahrer, der ängstlich zurückwich.

„Excuse me, can we go to the Weihnachtsmarket now?“

„Was?“ Die Polizeibeamten drehten sich überrascht um.

„Excuse me, can we go to the Weihnachtsmarket now?“, wiederholte der japanische Tourist.

Entgeistert sahen sich Wollmeier und Susanne Bremer an.

„Der ganze Bus ist voller Japaner“, stellte Susanne fest.

„Not with this bus“, erklärte Wollmeier. „Dangerous criminal“, ergänzte er und wies auf den Busfahrer. „We must go now, to the Polizeipräsidium. Police Präsidium.“

Susanne verfrachtete den unglücklichen Busfahrer ins Fahrzeugheck und der Streifenwagen fuhr mit Blaulicht und Martinshorn los. Die Japaner sahen sich verwirrt an.

Im Polizeipräsidium angekommen, gab es erstmal ein Platzproblem. Hahnefeld war einfach nicht auf einen solchen Zustrom von kriminellen Subjekten eingerichtet. Angefangen damit, dass das Polizeipräsidium aus allen Nähten platzte, waren die Gewahrsamszellen beim letzten Umbau der Kantine zugeschlagen worden. Mit anderen Worten: Es gab sie nicht mehr. Aus diesem Grund saß

Mike im Vernehmungsraum. Wohin also mit dem Busfahrer? Susanne hatte die rettende Idee und sperrte ihn auf dem Besucher-WC ein, woraus ihn in Kürze ein wutschnaubender Guntram befreien würde. Wollmeier hatte nämlich die Vernehmung von Mike Kampmann unterbrochen, um die Festnahme eines gefährlichen Terroristen zu melden.

Mike hatte gerade mitgeteilt, wo er tatsächlich zur Tatzeit gewesen war. Nicht ohne sich vorher hinsichtlich Datenschutz und Vertraulichkeit abzusichern: „Aber nicht der Simone verraten, die bringt mich um!"

„Wir sagen es deiner Frau nicht, aber vielleicht kommt es in der Gerichtsverhandlung zur Sprache, wenn du nicht bald deine Aussage machst", erklärte Guntram gemütlich.

„Gerichtsverhandlung? Wo hinterher alles in der Zeitung steht?"

„Genau diese Sorte Gerichtsverhandlung", nickte Guntram, und Jonas assistierte: „Die sind öffentlich, aus Gründen der Rechtspflege."

„Die Simone macht Hackfleisch aus mir", stöhnte Mike und vergrub das Gesicht in den Händen.

„Dann sag uns doch einfach, wo du warst, wir überprüfen dein Alibi und wenn es stimmt, erfährt die Simone nichts", schlug Guntram vor.

„Ich war bei Moniqua", gestand Mike.

„Im Nagelstudio?"

„Nein, bei ihr zuhause."

„Ich wusste gar nicht, dass die zuhause ein Pferd hat."

„Hat sie auch nicht. Ich kann diese Pferdeweiber nicht leiden!", brach es aus Mike heraus. „Immer wollen die über ihre Gäule reden. Die Simone ist genauso. Da brauch ich auch mal einen Ausgleich."

Endlich fiel der Groschen. „Und wie lang geht das schon so, das mit der Moniqua und dir?", erkundigte sich

Guntram. Genau in diesem Moment steckte Wollmeier, der ob seiner Festnahme fast vor Stolz barst und sich wie die GSG 9 persönlich fühlte, seinen Kopf durch die Tür, um seinem Chef Vollzug zu melden.

„Vollzug von was?"

„Polizeikommissarin Bremer und ich haben einen Terroristen festgenommen", schnarrte Wollmeier und schlug die Hacken zusammen.

„Ich wusste gar nicht, dass es hier welche gibt." Guntram betrachtete Wollmeier skeptisch.

„Sie wissen vieles nicht", giftete Wollmeier, der mit mehr Begeisterung seines Dienstoberen gerechnet hatte. Andererseits: Der Chef hatte einfach keine Ahnung, das hatte Susanne Bremer ihm bestätigt. Und die hatte ihre Infos aus erster Hand. Wollmeier erinnerte sich gern an das angeregte Gespräch auf der Rückfahrt zum Präsidium. Was genauso sonnenklar war: Ohne Wollmeier könnte Meisenwald einpacken. Zwischen den unschuldigen Meisenwaldern und dem Verbrechen stand nur er, das letzte Bollwerk der Zivilisation. Wollmeier holte tief Luft und berichtete von der Festnahme des Busfahrers und den staunenden Japanern.

Auch Mike und Jonas staunten. Jetzt drängte sich noch Susanne in das bereits überfüllte Vernehmungszimmer. „Soll ich den Staatsschutz informieren? Terror fällt nicht mehr in unsere Zuständigkeit."

Da platzte Guntram ganz einfach der Kragen und Wollmeier bekam den Abriss seines Lebens. Der Busfahrer wurde befreit und Wollmeier zu einer Entschuldigung genötigt. Im Gegenzug verzichtete der Busfahrer auf eine Anzeige wegen Freiheitsberaubung.

„Aber die Dokumente waren einfach zu gut", meckerte Susanne. „Wer rechnet denn damit, dass die echt sind? Übrigens ist meine Handtasche weg, die hat der sich bestimmt unter den Nagel gerissen."

„Mit Handschellen?", erkundigte sich Guntram.

„Dann waren es eben die Japaner", erwiderte Susanne trotzig. „Oder der Seriendieb. Tatsache ist, dass die Tasche jetzt weg ist."

„Waaas? Da war mein Apfel drin!" Wollmeier war entsetzt.

Guntram sah wortlos zwischen den beiden hin und her.

„Man muss sich ja auch mal stärken, bei so einem anstrengenden Einsatz", verteidigte sich Wollmeier.

„Was ist denn jetzt mit meiner Handtasche? Fahnden wir nach den Japanern?", fragte Susanne erregt. „Vielleicht ist es ein japanischer Seriendieb, dann haben wir gleich mehrere Fliegen mit einer Klappe geschlagen."

Guntram antwortete nicht. Er fühlte sich mit einem Mal sehr, sehr müde und fuhr lieber zu Moniqua, um Mikes Alibi zu überprüfen. Kiki würde das bestimmt Führungsschwäche nennen, dachte er und beschloss, ihr nichts davon zu erzählen. Pferdetrainer können meist auch gut mit Menschen, und auf die hatte Guntram im Moment wenig Lust. Also auf nette Menschen schon, aber diese Beschreibung traf auf seine Kollegen gerade nicht zu. Wollmeier schrieb bestimmt wieder in sein Mobbing-Tagebuch, und Susanne war halt Susanne. In ihrer nicht allzu lange währenden Beziehung hatte er sich immer vor ihr gefürchtet, und das war nach der Trennung nicht besser geworden.

Moniqua war weder zuhause noch in ihrem Nagelstudio. Guntram beschloss in Ermangelung eines besseren Ziels, in den Stall zu fahren. Der Petershof war ihm, dem ehemaligen Städter, mittlerweile zur zweiten Heimat geworden beziehungsweise zum erweiterten Wohnzimmer. Hier wohnte sein Kumpel Faxe, hier lebten der kluge Pfridolin und der lustige Lucero, der die orale Phase nicht überwunden hatte und deshalb Lutschi genannt wurde. Mittlerweile kannte Guntram alle Pferde hier und konnte sie meistens auch auseinanderhalten, was bei gleichfarbigen Pferden ohne Abzeichen die Königsdisziplin war. Das hatten ihm jedenfalls die Kumpels aus der Tafelrunde mitgeteilt und er sah keinen Anlass, daran zu zweifeln. Ach, die Tafelrunde. Die reitenden Männer und der Springunterricht fehlten ihm gewaltig, aber während der laufenden Ermittlungen hatte er wenig Zeit, um selbst zu reiten.

Trotzdem war es immer wieder schön, Stallluft zu schnuppern. Auch wenn er dafür ausmisten musste. Das hatte sogar etwas Meditatives, fand er. Wenn man mit den Füßen im Pferdemist stand, holte einen das immer wieder zuverlässig auf den Boden der Tatsachen zurück. Er seufzte glücklich, war wieder mit sich und der Welt im Reinen und schlenderte durch die Stallgasse, wobei er mit jedem, sei es Mensch oder Pferd, ein paar freundliche Worte wechselte. Dana war mit dem Lutschi in der Reithalle, wo er unter Kikis sachkundiger Anleitung lernen sollte, ein Reitpferd zu werden. Pfridolin stand in seiner Box und guckte nachdenklich.

„Na, mein Bester, worüber denkst du nach?

„Über das Leben im allgemeinen und kriminalistische Ermittlungen im Besonderen", erwiderte ich, aber natürlich konnte er mich nicht verstehen. Immerhin ein guter Ansatz, mich wie ein vernunftbegabtes Wesen anzusprechen und nicht in der Kleinkindersprache, in die die Frau immer verfiel. Beim Lutschi dagegen fand ich das vollkommen angemessen.

„Und über Diplomatie und schlechte Manieren", mischte sich Else ein, wobei mir nicht klar war, auf wen sich diese unsachliche Bemerkung bezog. Aber Else würde mich sicher unaufgefordert darüber aufklären, welches Fehlverhalten von mir diesmal ihrem prüfenden Blick nicht standgehalten hatte.

„Nein, liebste Else, da irrst du dich. Ich bin gerade dabei, den Mord an Hubert, dem bösen Barhufbearbeiter, aufzuklären und obwohl Hubert auch oft schlechte Manieren an den Tag gelegt hat, so denke ich doch nicht darüber nach", antwortete ich so würdevoll es mir möglich war.

Else kicherte. „Hast du einen Rhetorik-Kurs bei John-Boy gemacht?"

„Frechheit - bei dem alten Knacker! Als ob ich sowas nötig hätte."

„Du solltest dir aber Gedanken machen", empfahl sie. „Hubert hat sich nicht nur schlecht benommen. Bei Stuti zum Beispiel war er zuckersüß, und bei den meisten Frauen auch."

„Bei allen anderen hat er aber die Sau rausgelassen", widersprach ich, „und das war letztlich sein Todesurteil."

„Du sollst nicht immer von dir auf andere schließen." Sie sah mich von oben herab an. Was leicht ist, wenn man doppelt so groß und doppelt so dick ist wie ich. „Wo ist denn dein süßer Assistent? Der hat mehr Gehirnzellen in seiner sexy langen Mähne als du in deinem ganzen Kopf." Sie lachte und ihre Augen blitzten.

„Lass den Kleinen in Ruhe, der Lutschi könnte dein Sohn sein", ermahnte ich sie.

„Eifersüchtig?" Sie wieherte schadenfroh.

„Nicht so laut, ich krieg Tinnitus!", mischte sich Guntram ein, der unser Gespräch zwar verfolgt, aber natürlich nicht verstanden hatte. Hufschläge zeigten an, dass sich jemand näherte. Guntram sah auf. „Dana!" Sein Gesicht erhellte sich.

„Guntram!" Sie umarmte ihn.

Der Lutschi zernagte währenddessen seine Zügel. Jedenfalls die Teile, die er mit seinem gierigen Maul erreichen konnte.

„Spanischer Vollpfosten!", beteiligte ich mich an der

Begrüßungsrunde.

„Lutschi-Bub!" Natürlich musste Else das letzte Wort haben.

„Sssehr ßmackhaft, dießeß Lederrr", stellte der Lutschi fest, als ihm die Frau die angefressenen Zügel entriss. „Gib mirrr daß!" Er setzte seinen besten Bettelblick auf und klimperte die Frau mit seinen langen Wimpern an.

„Nein und Schluss aus", erklärte Dana. Sie führte den Lutschi in seine Box und sattelte ihn ab.

„Hier, halt mal", drückte sie Guntram Sattel und Trense in die Hand. „Kannst du das bitte aufräumen? Gibt's eigentlich was Neues in deinem Mordfall?"

„Mike hat vielleicht ein Alibi."

„Wo war er denn?" Neugierig blickte sie hoch. Sie waren mittlerweile in die Futterkammer, wo Dana aus mehreren Eimern mit geheimnisvollen Futterzusätzen das ultimative Abendmenü komponierte. Danas Hexenküche, sagte Guntram dazu. „Ich mach nur schnell das Futter fertig, dann muss ich zur Weihnachtsfeier bei den Meerschweinchenzüchtern", erklärte sie, bevor Guntram antworten konnte.

„Schwöre, dass du schweigst!"

„Wie ein Grab. Wo war Mike denn nun?"

„Bei einer Frau. Und nicht bei seiner eigenen", antwortete Guntram.

„Mike hat ein Verhältnis? Mister Saubermann persönlich, der immer alles richtig macht?"

„Genau der."

Dana lachte. „Und mit wem?"

Guntram verriet es ihr.

„Nein! Das hätte ich nicht gedacht."

„Wenn ich es dir doch sage. Anscheinend hasst Mike Pferde und ihre Besitzerinnen. Auf jeden Fall kann er in seinem Privatleben keine Gespräche über Pferde ertragen."

„Das ist aber schon irgendwie schizophren, oder? Und macht ihn in meinen Augen erst recht verdächtig. Stimmt denn das neue Alibi?"

„Das muss ich noch überprüfen. Mit Huberts Ex muss ich auch noch sprechen, die hätte auch ein gutes Mordmotiv."

„Oder Fenja", erinnerte Dana.

„Oder alle Leute, deren Pferden Hubert schon in den Bauch getreten hat. Was ist eigentlich mit Melanie und Faxe?"

Faxe! Natürlich! In meinem Gehirn arbeitete es. Der hätte auch ein gutes Mordmotiv gehabt. Aber soweit ich wusste, hatte Hubert ihr letztes Treffen überlebt. Gut, dass ich mir einen neuen Assistenten gesucht hatte. Faxe war ganz klar befangen. Ich schloss die Augen. Das tat ich immer, wenn ich nachdachte.

„So müde?", spottete Else.

„Ich denke. Bitte nicht stören."

Natürlich störte sie doch: „Faxe wars nicht."

„Wie kommst du denn jetzt auf den?" Überrumpelt fuhr ich hoch. Ich kann nämlich am besten nachdenken, wenn ich in einem weichen Strohbett liege und dabei etwas Leckeres knabbere. Für Uneingeweihte sieht das wie Essen im Schlaf aus, deshalb erkläre ich das. Ein Hochleistungs-Ermittlerhirn wie meins braucht keinen Schlaf. Nur Essen.

„Ich weiß, wie dein süßes kleines Köpfchen arbeitet", lächelte sie. „Schließlich beobachte ich dich schon länger."

Mit einem Mal fühlte ich mich, na ja, beobachtet. „Heißt das, du spionierst mir nach?", erkundigte ich mich misstrauisch. „Dieses Stalken ist sehr böse und verboten, dass du es weißt!"

Zum Glück kam da gerade das Abendessen. Dana und Guntram schütteten die Futterschüsseln mit der geheimen

Spezialmischung in die Futtertröge vom Lutschi und mir.

„Du bist zu dick", zischte ich ihm zu, als er sein Futter mit Überschallgeschwindigkeit inhalierte.

„Garrrr nißt. Iß bin jetßt Aßßißtent und brrrauche Krrraft!"

Na super. Jetzt gab der auch schon Widerworte.

***

Abends, bei Ursel im Hinterzimmer

Bei Ursel war es mal wieder proppenvoll. Sowohl die Gaststube wie auch das Hinterzimmer waren gut besucht. Dana ging durch den gemütlichen holzgetäfelten Gastraum mit den alten Stadtansichten, begrüßte den ein oder anderen und betrat endlich das Hinterzimmer. Hier hatte Ursel alles gegeben und den Raum mit Tannenzweigen und rot glänzenden Äpfeln geschmückt. Dazwischen hingen Christbaumkugeln. Dana sah sich um. Glück gehabt, der Bürgermeister war noch nicht da. Dafür aber umso mehr Meerschweinchenzüchter und - züchterinnen. In Meisenwald wurde die Meerschweinzucht in starker Konkurrenz zum Kaninchenzüchten ausgeübt, wobei die Meerschweinchenzüchter ursprünglich einmal zum Kaninchenzuchtverein gehört hatten. Seit ihrer Unabhängigkeitserklärung und der Gründung eines eigenen Vereins wurden sie oft als ketzerische Sekte betrachtet, hauptsächlich von den Kaninchenzüchtern. Zur musikalischen Untermalung des Abends waren die Meisen Singers gebucht worden, die ihr Publikum gerade mit den Klängen von „Mehr Herz für mein Meerschwein" beglückten.

Mehr Herz für mein Meerschwein

Und auch etwas Liebe für dich

Mehr Herz für mein Meerschwein

Und vielleicht auch für mich

Dana suchte sich einen Platz, der nicht allzuweit vom Buffet entfernt war, denn natürlich hatte sie die Pferde gefüttert, aber selbst das Essen vergessen. Zum Glück hatte sie noch einen Schokoriegel in der Handtasche gefunden. Die Meisen Singers waren vorerst mit ihrem Programm durch und verbeugten sich. Die Meerschweinchenzüchter applaudierten freundlich. Andreas Hasenforth, der Vereinsvorsitzende, übernahm das Mikro und begrüßte die Anwesenden, zu denen seit fünf Minuten auch Bürgermeister Meerbohm gehörte. Dana tat erfolgreich so, als säße sie schon seit Stunden hier und hätte sich keineswegs abhetzen müssen. Zum Glück hatte sie daran gedacht, sich im Auto das Heu aus den Haaren zu pulen, das machte immer so einen komischen Eindruck.

Hasenforth übergab das Wort an Meerbohm, der langsam den Dreh mit den Reden auf Weihnachtsfeiern raushatte. Launig begrüßte er die Anwesenden, ließ das vergangene Jahr Revue passieren, feierte noch einmal Jan-Olaf Mertens, der durch den Gewinn des Europa-Pokals in den Züchter-Olymp aufgestiegen war und verbreitete angemessen weihnachtliche Stimmung, bevor er das Buffet eröffnete. Dana stieß einen Freudenschrei aus und rannte los.

***

Etwas später, am Buffet

„Der Andi hat ja dieses Jahr so Pech mit seinen Rosetten-Meerschweinchen gehabt. Ganz knapp am Pokal und an der Züchterprämie vorbei, stellen sie sich das mal vor. Dieses Jahr ist sowieso komisch. Liegt da am Petershof einfach ein toter Nikolaus rum, stellen Sie sich das mal vor!"

„Nein!"

„Wenn ich es ihnen doch sage. Die Polizei wollte das ja unter den Teppich kehren, aber nicht mit mir. Die Öffentlichkeit hat ein Recht darauf, informiert zu werden!" Helga Schmidtke, Danas Nachbarin, lief zur Hochform auf. Sie war mit halb Meisenwald verwandt und mit dem Rest verschwägert, was ihr das Recht gab, auf jeder Weihnachtsfeier zu erscheinen, auf die sie Lust hatte. „Ganz lecker, der kalte Braten. Der ist der Ursel wirklich gut gelungen."

„Tante Helli, du musst auf deinen Blutdruck achten", mahnte der Vereinsvorsitzende, der gerade zum dritten Mal seinen Teller gefüllt hatte und auf dem Weg zu seinem Tisch an der erregt debattierenden Gruppe vorbeikam, die sich um seine Tante gebildet hatte.

„Das ist er, mein Andi", strahlte Frau Schmidtke.

„Dein Blutdruck, Tante Helli", erinnerte Andreas Hasenforth.

„Der geht nicht einfach runter, nur weil du das so willst", erwiderte Frau Schmidtke.

Hasenforth zuckte mit den Achseln und ging weiter, so dass sich Tante Helli wieder um die aufregenden Neuigkeiten kümmern konnte. Dass Leute starben, daran hatte man sich mittlerweile gewöhnt. Auch daran, dass sie eines gewaltsamen Todes starben. Aber dass Nikoläuse einfach so tot rumlagen, das war ein starkes Stück.

„Mit einer Mistgabel erstochen, habe ich gehört", steuerte Jupp Terhüsen bei, Meerschweinchenzüchter in der dritten Generation.

„Rhabarberschnaps? Der ist gesund!" Ursel machte mit einem Tablett voller Schnaps-Pinnchen die Runde. Kurzfristig konzentrierte sich die allgemeine Aufmerksamkeit auf das Tablett, um sich dann wieder Frau Schmidtke und dem toten Nikolaus zuzuwenden.

Erneut ergriff Helga Schmidtke das Wort: „Meine

Enkelin, die Josefine, die reitet ja auch." Damit war Helga nach eigener Ansicht anerkannte Expertin für den vorliegenden Mord im Pferde-Milieu. „Und die Josefine sagt, der Tote wäre sowas wie Hufschmied gewesen, nur ohne Schmied."

„Und warum war der dann als Nikolaus verkleidet und nicht als Hufschmied?", fragte Jupp.

„Kein richtiger Hufschmied. Nur so ähnlich", erwiderte Helga.

„Ja, aber trotzdem – warum das Nikolaus-Kostüm? Im Pferdestall? Stellen die Zossen auch Stiefel vor die Tür?"

Diese Fragen konnte Frau Schmidtke nicht beantworten, dafür hatte sie eine neue Information: „Und die Josefine sagt, der Tote hätte seiner Ex-Frau mal ein Pferd geschenkt und es sich nach der Trennung zurückgeholt. Die Ex hätte ihn nur deshalb nicht angezeigt, weil sie Angst hatte, dass er dem Gaul was antut."

Man schüttelte nachsichtig den Kopf über so viel Tierliebe.

„Vielleicht hat ihn die ja umgebracht? Weil er dem Pferd tatsächlich was angetan hat? Oder einfach so, aus Rache?", gab Annemarie Deiters, Helgas beste Freundin, zu bedenken.

Dana hatte von ihrem Platz aus gebannt zugehört, als sie eine Berührung am Ellbogen spürte. Sie drehte sich um.

„Sagen sie mal, Frau Peters, was war denn vorhin am Buffet?" Dana hatte den ganzen Abend über versucht, dem Bürgermeister aus dem Weg zu gehen, denn nach ihrem Freudenschrei fand sie sich einsam und allein vor dem Buffet wieder. Um sie herum ganz viel nichts und staunende Blicke. *Da ist es dann auch schon wieder egal,* dachte Dana und fiel über das Büffet her. Die Meerschweinchenzüchter trauten sich offensichtlich nicht näher und Danas Hunger war mittlerweile so groß, dass ihr auch der letzte Rest an gutem Benehmen abhanden gekommen war. *Ist der Ruf erst ruiniert, lebt sich's gänzlich ungeniert. Da ist was Wahres dran,* dachte sie und leckte sich die Finger ab. Leider hatte Meerbohm sie nun doch ausfindig gemacht. Sauertöpfisch betrachtete er sie und wartete auf eine Antwort.

„Oh, ich dachte, da wäre eine Maus, da hab ich mich erschreckt und bin losgelaufen", log Dana schuldbewusst und gab sich Mühe, wie eine Frau auszusehen, die Angst vor Mäusen hat. Zum Glück tauchte Ursel gerade wieder mit ihrem Tablett auf und guckte vorwurfsvoll, als sich der Bürgermeister dem gesunden Rhabarberschnaps verweigerte.

Aus den Augenwinkeln sah Dana ein weißes Shetlandpony, das gerade die hübschen roten Äpfel aus den Tannenzweigen heraus sortierte, mit denen Ursel den Raum geschmückt hatte.

„Nein danke, für mich lieber auch keinen Schnaps mehr", sagte sie schnell. *Ich muss unbedingt mit dem Alkohol aufhören, das tut mir nicht gut.*

Blacky warf einen gelangweilten Blick in ihre Richtung und ging weiter seiner momentanen räuberischen Tätigkeit nach. Türen öffnen fiel ihm immer leichter, und mittlerweile hatte er auch einen Röntgenblick für Taschen, die Essbares enthielten. Die Handtaschen der Gäste hatte er schon geplündert und gönnte sich nun einen kleinen Nachtisch. Durch seine geringe Größe passte er gut unter Ursels Tische, wo er, von neugierigen Blicken ungestört, seinen kleinkriminellen Aktivitäten nachgehen konnte. Und wenn ihn doch mal jemand sah, schob es derjenige auf den Rhabarberschnaps.

Sonntag, 8.12. Zweiter Advent.
Im Adventskalender: Ein Schaukelpferd.

Ein weißes Shetlandpony schlug rhythmisch aus und bollerte dabei gegen Ursels holzgetäfelte Wände. Bomm! Bomm! Bomm! Aus irgendeinem Grund trug es einen roten Umhang mit Kapuze. Bomm! Bomm! Bomm! Dana näherte sich ihm vorsichtig. Mit einem Mal drehte sich das Pony um und der Ponykopf verwandelte sich in Huberts Gesicht. Dana fuhr hoch.

Gottseidank, nur ein Traum! Ihr Kopf dröhnte. Zum Ausgleich hatte sich ihre Zunge in einen fusseligen Teppich verwandelt. *Das mit dieser Rhabarber-Allergie wird immer schlimmer.* Mühsam hievte Dana sich aus dem Bett. Guntram war längst auf und futterte seinen Adventskalender leer.

„Das bringt Unglück", warnte Dana.

„Nicht schlimm, ich hab noch einen", winkte Guntram ab. Dana seufzte und suchte sich an ihrem Adventskalender das Türchen mit der Nummer Acht. Ein Schaukelpferd. Was sie unmittelbar an ihren Traum und den toten Hubert erinnerte. Und an irgendwas anderes … was war das noch? Ach ja, richtig – Frau Schmidtke hatte gestern von Huberts Ex erzählt, die wohl ein zünftiges Mordmotiv ihr Eigen nannte.

„Überleg mal, der hat ihr ein Pferd geschenkt und es sich später zurückgeholt! So ein ekelhafter Mistkerl!", erzählte sie aufgebracht beim Frühstück.

„Leute werden für viel weniger umgebracht. Manchmal reicht es wirklich, in der falschen Situation doof zu gucken", winkte Guntram ab.

„Auf jeden Fall geht es mir schon viel besser und ich habe dir geholfen", strahlte Dana, die sich in dem schönen Gefühl sonnte, eine gute Bürgerin zu sein.

„Ja, das hast du wirklich. Wenn du gleich zum Stall fährst, ermittle ich, wie die Dame heißt und fahr da mal vorbei. Dann geht's weiter zu Moniqua, Mikes Alibi überprüfen."

„Also mir wäre es ganz recht, wenn Mike nicht der Täter wäre. Dann müsste ich mir ja einen neuen Schmied suchen."

„Dann hoffen wir mal, dass Moniqua sein Alibi bestätigt. Ansonsten hast du ein Problem."

„An Verdächtigen herrscht hier ja kein Mangel. Vielleicht musst du einfach nur besser ermitteln", stichelte Dana.

Während Guntram in hektische Betriebsamkeit verfiel und Wollmeier telefonisch zum Nagelstudio bestellte, weil Jonas frei hatte, frühstückte Dana gemütlich zu Ende und legte letzte Hand an ihre Weihnachtsdeko. Frau Schmidtke hatte ordentlich vorgelegt, die hatte offensichtlich eine Flatrate bei den Stadtwerken. Kilometerlange Lichterketten wanden sich durch die Bäume, und in jedem Blumenkasten – ach was, an jeder freien Stelle – stand ein geschmücktes Tannenbäumchen. Also sah sich auch Dana genötigt, ihrem und Guntrams Zuhause einen weihnachtlicheren Touch zu geben. Hingebungsvoll stellte sie Weihnachtsmänner, Rentiere und Räuchermännchen auf und freute sich schon auf Guntrams Gesicht.

Oh Gott, schon so spät! Gleich war Quadrillentraining, da musste sie pünktlich sein. Schnell zog sie sich um, schlüpfte in ihre Stallschuhe und machte sich auf den Weg zum Petershof. Mit Mühe fand sie einen Parkplatz. Wieso war das denn so voll hier? Egal. Zum Glück hatte Melanie Pfridolin schon vom Paddock mitgebracht, so musste sie nicht erst noch ihr Pferd fangen. Unter der Paddockdecke war er auch schön sauber, so dass sie nur von den unbedeckten Körperstellen die Schlammkruste entfernen musste. Aus der Reithalle dudelten die ersten

Weihnachtslieder. Als sie feststellte, dass sie die Letzte war, verfiel Dana in Hektik und sattelte und trenste in Rekordgeschwindigkeit.

In der Halle angekommen, naschte ich erstmal eine Kleinigkeit. Wirklich rücksichtsvoll von Kiki und ihrer Mutter, überall Snacks anzubringen.

„Friss nicht die ganze Deko", maulte mich Dana an.

Keine Sorge, das tu ich schon nicht. Ich knabbere nur an den kümmerlichen Resten herum, die Faxe übriggelassen hat. Der trug übrigens einen bemerkenswert selbstzufriedenen Gesichtsausdruck zur Schau.

„Und, wie ermittelt es sich so ohne einen gescheiten Assistenten?", wollte er wissen.

Leider kam ich nicht dazu, Faxe mitzuteilen, dass das Ermitteln ohne ihn viel besser ging, danke der Nachfrage, denn Kiki teilte uns sofort in Paare ein. Zum Glück nicht am Anfang oder Ende, denn dann müsste meine Reiterin aufpassen und würde hyperventilieren, und das macht immer ganz schlechte Stimmung. Nein, wir waren irgendwo in der Mitte der Abteilung. Also der einen Abteilung, denn es gab zwei, die sich gleich auf anmutige Art und Weise nach Kikis Kommando nebeneinander, durcheinander und miteinander bewegen sollten, und das am liebsten im Takt dieser Klingelingeling-Weihnachtslieder. Auf dem Weg zu unserem Platz neben dem grässlichen Konrad grüßte ich meine Mitwallache und zwinkerte den Stuten zu. Ich habe mir sagen lassen, dass ich dabei sehr niedlich wirke. Die Kunst daran ist, es so aussehen zu lassen, als wäre das jeweilige Sahneschnittchen das einzige, das meine Aufmerksamkeit erregt. In Wirklichkeit habe ich natürlich ein großes Herz und da passen so viele Stuten rein, wie sich für mich interessieren. Also Else (nur manchmal, aber die braucht ja wegen ihrer Leibesfülle besonders viel Platz) und Stuti (leider sehr selten). Aber egal, man lebt nur einmal und man kann ja auch Glück haben. Wo ich schon mit meiner Besitzerin so gestraft bin. Da kann sich das Schicksal ja ruhig mal erbarmen und mir zu einer Freundin verhelfen. Oder gleich mehreren.

„Na Digga, wo sind deine Lockenwickler? Heute schon Ballett getanzt?", begrüßte ich den unsäglichen Konrad, der auf dem Hufschlag rumstand und sich schön fand. Blondie, der Schwarzwälder Fuchs hinter ihm, kicherte. Konrad, unser Totilas für Arme, guckte indigniert.

„Solche Muskeln kommen nicht vom Rumstehen und Fressen, da muss man auch mal Sport treiben", antwortete er nach einer kurzen Bedenkzeit. Der Konrad ist nicht dumm, der braucht nur länger zum Antworten, hatte Else einmal behauptet, aber da irrt sie sich. Er IST dumm. Ich legte die Ohren zurück und rempelte ihn an.

„Hallo Lissy, keine Ahnung, was er wieder hat", brachte die Frau sich ein und begrüßte so Konrads Reiterin. Wahrscheinlich verdrehte sie wieder die Augen, das tut sie häufig, wenn sie etwas nicht versteht.

„Hey ihr Extremsportler, es geht los", teilte Blondie von hinten mit. „Wenn die vornehmen Herrschaften bitte ihre Popöchen in Trab setzen würden, sonst muss ich anschieben."

Seelenruhig blieb ich stehen, da ich unmöglich gemeint sein konnte. Konrad neben mir trabte lustig los, hinter mir staute sich alles.

Jetzt war es an Kiki, die Augen zu verdrehen. „Alle nochmal Sche-ritt. Und dann Abteilung im Arbeitstempo TEEEEE-RABBBB! Auch du, Pfridolin!" Ich konnte aber gerade nicht, weil ich Konrad zwicken musste.

„Lissy und Erwin, bitte die Plätze tauschen, vielleicht klappt es ja so besser", dröhnte Kikis Stimme durch die Reithalle.

„Diese Musik! Wenn das so weitergeht, krieg ich Migräne", stöhnte Blondie. Ich nickte mitfühlend. Blondie war ein Schwarzwälder Fuchs, also ein leichtes Kaltblut in Haflinger-Lackierung. Für gewöhnlich waren er und Erwin, sein Besitzer, im Ausreitgelände oder auf dem Springplatz unterwegs.

„Aber wenigstens gibt es Snacks", sagte ich und machte ihn auf die Deko aufmerksam.

„Lecker. Ich mag Tannenzweige", freute sich Blondie.

Währenddessen hatte sich meine Reiterin mit Erwin verquatscht. Erwin war Installateur, kam also viel rum und konnte lustige Geschichten aus den verschiedenen Haushalten erzählen. „Und ich so zu dem Typen an der Tür: Kannst du bitte mal deine Mutter holen? Und da seh ich das Sektglas in seiner Hand und die Haare ganz wuschelig und im Hintergrund zieht sich die Dame des Hauses hastig an." Erwin schüttete sich aus vor Lachen. „Ich habe natürlich Diskretion versprochen und nenne keine Namen. Das fällt bei mir unter Datenschutz. Oder die Geschichte mit dem Arzt. Mitten in der Nacht klingelt das Telefon."

„Ich störe ja nur ungern, aber wenn es euch recht ist, würden wir jetzt gern mit der Quadrille anfangen!", rief Kiki.

„Immer, wenn es gerade lustig ist", seufzte Dana und konzentrierte sich zur Abwechslung mal auf die Reitlehrerin. Erwin war ein netter Kerl, fand sie. Freundlich und hilfsbereit, und seine Tierliebe war legendär. Sie konnte sich gar nicht mehr daran erinnern, wie viele humpelnde Käfer und verunfallte Vögel er schon gerettet hatte. Außerdem fütterte er gemeinsam mit Melanie die streunenden Katzen in der Umgebung.

„Hat jeder seinen Partner? Gut – dann Abteilung im Arbeitstempo Teee-rab!"

Ich sah mich um. Angeführt wurden unsere beiden Abteilungen von Ginger Steeldust und Peppy's Little Love, unserem Westernduo. Ginger wohnte noch nicht lange bei uns, aber sie und Peppy kannten sich aus dem vorigen Stall. Anscheinend sprachen sich die Vorzüge des Petershofs langsam herum. Danach kamen Blondie und ich und hinter uns Donnyboy und Konrad, gefolgt von Companero und Else. Faxe bildete den Abschluss. Seine Funktion in der Quadrille war mir noch nicht klargeworden. Er selbst sagte, er halte sich bereit und guckte dabei wichtig. Meiner Meinung nach sollte er einen lustigen Weihnachtself mit besonders starker Behaarung darstellen und so die Zuschauer von unseren misslungenen Quadrillenfiguren ablenken.

Es ging auch schon gut los. „Abteilung durch die Länge der Bahn geritten, dabei in zwei Abteilungen aufteilen", rief Kiki.

„Uiuiui. Bis später", verabschiedete sich Erwin und folgte Peppy. Ich hatte keine Zeit, neidisch zu sein, denn Ginger, die meine Abteilung anführte, legte ein strammes Tempo vor. Ab da versuchten wir eigentlich nur, halbwegs auf derselben Position wie Erwin und Blondie zu sein, damit wir uns passgenau zur nächsten Runde auf der Mittellinie wiedertrafen.

„Jetzt kommen die Volten", teilte Donnyboy von hinten mit. Konrad war im Turniermodus und stratzte im Mitteltrab herum. „Nein, nein, nein, Lissy. Du musst das Tempo rausnehmen, jetzt kommen die Volten", brachte sich Kiki alias Frau Reitlehrerin ein.

„Seht ihr?" Donnyboy guckte zufrieden.

Wir drehten adrette Volten bis zur Mittellinie und begegneten dort unseren Quadrillenpartnern. Also theoretisch. In der Praxis lagen mehrere Kilometer zwischen uns. Kiki lächelte tapfer und ließ es uns wieder und wieder versuchen, bis sie mit dem Ergebnis zufrieden war. Da hatte ich aber schon Tinnitus von der Musik. Zu allem Überfluss sang die Frau mit und glaubt mir, ihre Version von *Schnee-hee-flöckchen Weißröckchen* will keiner hören. Zum Glück war bald Schluss mit dem Klingglöckchen-Ballett.

Auf der Stallgasse war dann happy Gewusel. Die meisten Reiter hatten ihre Familien mitgebracht, und so liefen die Kinder zwischen den Pferden herum, während die älteren Verwandten lieber am Rand der Stallgasse stehen blieben. Ein Junge und ein Mädchen erregten Danas Neugier, weil sie die Kinder nicht zuordnen konnte. Beide waren blond, blauäugig und ausgesprochen hübsch. Der Junge beobachtete die Pferde mit großem Interesse, während sich das Mädchen mehr für die anderen Kinder interessierte. Meist waren die Mädchen anfälliger für den Pferdevirus. Dana freute sich, dass es hier mal anders herum war.

„Das sind meine", erklärte Erwin auf Nachfrage. „Eva und Addi. Wo meine Frau mit unserem Jüngsten steckt, weiß ich gerade nicht."

„Ich aber schon", berichtete Dana, die eine attraktive junge Frau mit einem Kinderbuggy bei Else stehen sah, wo sie sich mit Björn unterhielt und den beiden Kindern winkte, zu ihr zu kommen. Anscheinend erzählte er gerade etwas Lustiges, denn sie kicherte.

„Ach so. Ja dann", machte Ewald geistesabwesend.

Dana schüttelte den Kopf und gesellte sich zum zwischenzeitlich eingetroffenen Guntram, der bei Kiki stand. Die war anscheinend bei ihrem Bruder im Knast gewesen und berichtete aus der JVA. Sven und sein Künstlerfreund GAULL nahmen regen Anteil an Guntrams Suche nach dem Seriendieb. Von Kiki hatten sie erfahren, dass es zusätzlich einen toten Nikolaus gab, was ihre Beratertätigkeit intensivierte. „Sie sagen, du musst sie unbedingt besuchen. Die meisten ihrer Knastkumpels hatten falsche Alibis und sind nur durch Zufall aufgeflogen. Sven meint, er könnte dir ein paar gute Tipps geben, woran man ein falsches Alibi erkennt."

„Ich hatte schon an den Einsatz von Wahrheitsdrogen gedacht", seufzte Guntram. „Jeder meiner Verdächtigen lügt wie gedruckt und meine Kollegen sind komplett übergeschnappt."

In Moniquas Nagelstudio hätte Wollmeier sich um ein Haar Gelnägel verpassen lassen, während Guntram versuchte, Moniqua auszuhorchen. Leider konnte sie sich wenig überzeugend gar nicht an den Nikolaustag erinnern. „Da weiß man jetzt nicht, ob sie den Schmied in so schlechter Erinnerung hat und ihm eins auswischen will oder ob die in Wirklichkeit gar nichts miteinander hatten und Mike in Wirklichkeit ein noch peinlicheres Geheimnis hat", vertraute Guntram Dana an. „Oder ob er der Mörder war und ich mir einen neuen Schmied suchen muss", hatte die erwidert.

Und jetzt auch noch die Tipps aus dem Knast! Langsam wurde das Ermitteln im beschaulichen Meisenwald zur Nervensache.

„Fenja, was ist denn mit dir?", fragte Kiki, nur halb im Scherz.

„Ich hatte Schauspiel-AG und habe Hubert leider nicht umgebracht", erklärte die. „Ihr könnt das gern überprüfen."

„Man darf ja auch keinen umbringen, darüber hatten wir doch gesprochen", ermahnte Guntram.

„Verdient hat er es. Aber so muss ich nicht in den Knast und kann mich um Donny kümmern, das ist auch ok", erklärte Fenja gutgelaunt.

Guntram schüttelte den Kopf. Diese Jugend von heute!

„Gehen wir noch einen Kaffee trinken?", lud Kiki ein. „Im Reiterstübchen gibt's auch Punsch und Christstollen."

„Oh ja, gerne", hörte Dana sich antworten. „Ich bin komplett durchgefroren."

Viel später auf dem Petershof

Björn sah noch einmal zurück. Hinter ihm lag der Petershof im Dunkeln. Im Reiterstübchen war es spät geworden und er hatte sich noch einmal zu Else ins Stroh gesetzt, weil ihm so weihnachtlich-vorfreudig zumute gewesen war. Irgendwann hatte er sich aufgerappelt, das Licht gelöscht und sich auf den nachtdunklen Parkplatz begeben. Dort stand nur noch ein Auto – seins. Dass das ein Irrtum war, sollte er wenig später feststellen. Er kramte gerade in der Jackentasche nach den Autoschlüsseln, als ein Motor angelassen wurde. Die Scheinwerfer erfassten ihn, als das Auto mit hoher Geschwindigkeit auf ihn zufuhr. Das konnte kein Versehen sein! Instinktiv lief Björn los. *Nur weg hier,* dachte er. Wieder heulte der Motor auf, als ihn die Scheinwerfer erfassten. *Der hat es auf mich abgesehen,* durchfuhr es ihn. Er schlug einen Haken. Das Auto kam näher. Björns Atem ging schneller. Kalter Schweiß stand auf seiner Stirn. Noch ein Haken. Mühelos hielt der Verfolger mit. Lange konnte er das nicht mehr durchhalten. Gleich müsste ihn das Auto erwischen. Noch ein letzter, verzweifelter Fluchtversuch. *Bitte, lieber Gott, lass es gut ausgehen,* betete er, als er sich mit einem Hechtsprung zwischen zwei geparkte Pferdehänger fallen ließ.

Sein Verfolger war nur zwei Meter entfernt. Das Auto kam zum Stillstand. Björn wartete. Würde der Fahrer aussteigen? Langsam beruhigte sich sein Herzschlag. Aus seinem Versteck heraus beobachtete er die Scheinwerfer des Wagens. Eine weitere Flucht war sinnlos. Das Auto wäre immer schneller als er. Seine einzige Chance bestand darin, es zu seinem eigenen Wagen zu schaffen. Die Dunkelheit war undurchdringlich und er von den Scheinwerfern geblendet. Keine guten Voraussetzungen. Der Fahrer war immer noch nicht ausgestiegen. Er lauerte.

Plötzlich ging im Wohnhaus Licht an. Björn hörte, wie

der Fahrer den Rückwärtsgang einlegte und mit durchdrehenden Reifen anfuhr. Mit einem Powerslide wendete er, zog die Gänge hoch und verschwand vom Parkplatz.

Dienstag, der 10.12.
Im Adventskalender: ein Rentier.

Abends auf dem Petershof

„Guck mal, mein neues Hufmesser! Es ist sauscharf und schneidet beidseitig!"

„Hübsch", antwortete Guntram matt. Fenja hatte ihr Hufbearbeitungswerkzeug ausgebreitet und zeigte Hubert die einzelnen Bestandteile.

„Ich mache Donnyboy die Hufe selbst, weil das mit Hubert so eine Katastrophe war. Also menschlich. Ich bin ja so froh, dass er tot ist!"

„Das glaube ich dir. So überzeugend kann keiner schauspielern", nickte Guntram.

„Du meinst wegen meines Alibis? Die Schauspiel-AG in der Schule?"

Guntram nickte. Fenja brach ansatzlos in Tränen aus. „Der arme Donny", schluchzte sie. „Hubert hat ihn so gequält!"

„Nicht weinen", sagte Guntram hilflos und gab Fenja sein Taschentuch. *Ich kann einfach nicht mit weinenden Frauen.*

„Tu ich ja auch gar nicht", lachte Fenja. „SO gut kann ich schauspielern. Aber dir sage ich die Wahrheit. Großes Indianerehrenwort." Sie zwinkerte.

Guntram dachte nicht zum ersten Mal an diesem Tag über eine Umschulung nach.

Vormittags hatte er sich mit Susanne und POM Wollmeier in den Haaren gehabt, weil die partout einen Zusammenhang zwischen den Taschendiebstählen und dem Mord erkennen und am liebsten ganz Meisenwald festnehmen wollten. Björns Schilderung des Vorfalls vom Parkplatz hatte für eine gewisse Aufregung gesorgt und man war sich uneinig, ob der Mensch mit dem aggressiven Fahrstil mit den Seriendiebstählen zu tun hatte, mit dem Nikolausmörder oder mit keinem von beidem. Susanne und Wollmeier sahen Meisenwald als Brutstätte des Verbrechens und wollten am liebsten Tabula rasa machen. Einmal mit dem SEK durch und keinen Stein auf dem anderen lassen, war ihre Devise. Jonas ging es ruhiger an. Er hatte an seiner Profiling-Analyse gearbeitet und mitgeteilt, dass der Täter wahrscheinlich eine ausgeprägte Impulskontrollstörung hätte und zudem immer Hunger. Zum Nikolausmörder hatte er noch keine Meinung, dafür bräuchte es noch ein paar Morde, damit er ein Muster erkennen könne. Außerdem wies er darauf hin, dass die korrekte Bezeichnung für die Disziplin, in der er sich gerade übte, nicht „Profiling" war, sondern operative Fallanalyse.

Guntram seufzte. Er war so stolz gewesen, dass er sich mit diesem Profiling-Zeugs auskannte, was auch sprachlich eine angenehme Kürze mit sich brachte, aber nein, kurz und griffig war out, operative Fallanalyse in. Aber immerhin: sein Azubi konnte sich toll wissenschaftlich ausdrücken, das war doch was. Es verstand ihn zwar keiner, aber dafür hörte es sich gut an. Er selbst war leidenschaftslos, was den oder die Täter betraf. Erstmal in alle Richtungen ermitteln, früher oder später verplappert sich immer einer, war seine Devise. Seinem Team gegenüber nannte er das „Spaghetti-Technik – ihr müsst das lose Ende finden". Die Kollegen hatten eher gelangweilt auf diesen Denkanstoß reagiert und lautstark nach dem SEK verlangt (Wollmeier und Susanne). Beziehungsweise den Wunsch nach einem Zugang zur Datenbank des FBI geäußert, wo sich allerlei Informationen zu Serientätern fanden, die todsicher auch auf den Meisenwalder Täter anwendbar seien (Jonas). Um die Gemüter wieder abzukühlen, hatte er sich Jonas geschnappt und war mit ihm zu Tanja gefahren, Huberts

Ex.

„Die mit dem Pferd", erklärte Guntram Jonas auf der Fahrt. „Und dem starken Mordmotiv."

Aber Tanja hatte ein Alibi. Ja, sie hätte Hubert aus vielen Gründen gehasst, ja, sie hätte ihn gern umgebracht, weil er ihr das Herzenspferd wieder weggenommen und sie mit den Kindern sitzengelassen und keinen Unterhalt gezahlt hätte, aber sie wäre zur Tatzeit bei ihrer Mutter gewesen, was diese bestätigte. Mit anderen Worten: Es ging nicht voran.

Als Guntram sich bei Dana telefonisch über sein schweres Schicksal beschweren wollte, hatte die nur gelacht und auf Herbert Dinkelfuss, ihren Büromitbewohner, hingewiesen, dessen Lebensgefährtin Corinna das Büro bis zur Unkenntlichkeit mit Weihnachtskitsch dekoriert hatte. Ganz im Gegensatz zu Dana, deren Dekorationseifer sich auf ausgesuchte Stücke mit besonderem Design beschränkte.

„Aha", sagte Guntram und erinnerte sich an die Reisig-Rentiere auf der Fensterbank, die ihm jeden Tag ins Essen guckten. Ganz zu schweigen von den Engelchen, die auf ausgesuchte und besondere Art den Rest der Wohnung bevölkerten.

Aber Corinna Bensemann hatte auch ihre Vorzüge, so war das nicht. Täglich kam sie mit einer frischen Ladung Plätzchen vorbei und interessierte sich für Details aus Danas Leben. „Fast so, als will sie mich aushorchen", kicherte Dana. „Die meisten ihrer Fragen drehen sich um Japaner und von denen habe ich nun wirklich keine Ahnung."

„Wollmeier kennt sich mit denen aus", erklärte Guntram. „Jeden Tag kommen Reisebusse voller Japaner hier an und werden von ihm kontrolliert."

„Ich weiß", seufzte Dana. „Und hinterher beschweren sich die Busunternehmen bei mir, weil Meisenwald so ungastlich ist. Erst würde man von der Polizei schikaniert und hinterher bekäme man Parkknöllchen."

„Für die kann ich aber nix", erklärte Guntram.

„Schon klar", zischelte Dana. „Das sind die selbstgebastelten Knöllchen von unserem Hobby-Hipo." Friedhelm Brösmann[8] langweilte sich im Ruhestand sehr und hatte infolgedessen damit begonnen, sich hobbymäßig um falsch geparkte Fahrzeuge zu kümmern. Seine Anzeigen landeten regelmäßig bei Dana auf dem Schreibtisch, genau wie die Beschwerden der Autobesitzer, die nur mal eben Brötchen holen wollten und bei der Rückkehr zu ihrem Fahrzeug auf Brösmann trafen, der mit ihnen Verkehrserziehung üben wollte.

„Warum sprichst du eigentlich so leise?", erkundigte sich Guntram.

„Das ist konspiratives Verhalten. Es macht Herbert wahnsinnig", flüsterte Dana. „Der wird ganz unruhig, wenn jemand Geheimnisse vor ihm hat. Apropos: Hat dein Kollege Wollmeier bei seinen Japanern schon irgendwas Verdächtiges festgestellt? Hier hält sich ja das Gerücht, dass wir durch eine feindliche Macht ausspioniert werden."

„Kann es eventuell sein, dass du dieses Gerücht durch dein Verhalten unterstützt?"

„Nein", sagte Dana ehrlich erstaunt. „Wie denn das?"

„Durch dein konspiratives Verhalten. Wenn Dinkelfuss auch nur halb so tickt wie Wollmeier, wittert der in dir eine feindliche Agentin."

„Nie im Leben!" Dana schüttete sich aus vor Lachen.

Donnyboy schnaubte und Guntram kehrte zurück in die Gegenwart.

„Also Hubert", begann er erneut.

---

8 Friedhelm Brösmann, die Geißel der Falschparker. Im Nebenjob Leiter der freiwilligen Feuerwehr.

„Oder wie ich immer sagte: Hubert-ich-bring-ihn um“, lachte Fenja. Guntram betrachtete sie verwirrt. Junge Frauen brachten ihn immer leicht aus der Fassung.

„Also Hubert wurde ermordet. Am Nikolaustag. Zu einer Zeit, wo du wo genau warst?“

„Am Gabriel-Ullrich-Gymnasium in der Schauspiel-AG, wo wir Macbeth geprobt haben“, antwortete Fenja brav.

„Das ist doch auch sowas Blutiges, oder?“

„Ja, dauernd wird jemand umgebracht. Fast so wie hier im Stall“, antwortete Fenja begeistert.

Guntram konnte diesen Blutrausch nicht gutheißen. „Mord ist ein Kapitalverbrechen und nicht lustig“, antwortete er streng. „Auch wenn Hubert es meinetwegen zehnmal verdient hat. Hast du eine Idee, warum er als Nikolaus verkleidet war?“

„Vielleicht, weil er uns Geschenke bringen wollte?“

Stimmt, so einfach konnte es sein. Kiki hatte ja schon vor Tagen darauf hingewiesen, dass die kleinen Präsente an den Pferdeboxen nicht von der Familie Peters stammten. Apropos: was war eigentlich damit passiert?

„Wir haben die hängen lassen“, antwortete Frau Peters auf entsprechende Nachfrage. „Hätten wir die wegwerfen sollen?“

„Mülltonnen“, entgegnete Guntram knapp.

„Mülltonnen?“, erkundigte sich Frau Peters, aber Guntram telefonierte schon nach Verstärkung. „Wir müssen die Mülltonnen überprüfen. Und alle Einstaller befragen.“ Das durften ein schlechtgelaunter Polizeiobermeister Wollmeier und die ebenso wenig begeisterte Kommissarin Bremer übernehmen, die noch am Morgen so dringend hatten mitmitteln wollen, deren Motivation aber zum Feierabend hin stark abgenommen hatte. Unter anderem auf den schlechtgelaunten Umgangston der beiden war es zurückzuführen, dass sich sehr schnell folgendes herauskristallisierte: Es waren nur die Pferdebesitzer im Paddockboxenstall beschenkt worden, insgesamt zehn Stück. Die Pferdeleckerli waren in den meisten Fällen nicht mehr existent, die Weihnachtsplätzchen aber schon.

„Die sahen wirklich nicht gut aus", gestand Melanie. „Deshalb habe ich meine auch weggeworfen." Die meisten der restlichen Pferdebesitzer hatten die halbvollen Präsentbeutel aber noch.

„Sicherstellen", ordnete Guntram an.

„Aber warum?", fragte Susanne Bremer, die nicht anders konnte. Mochte Guntram auch tausendmal recht haben mit seiner Vorgehensweise, sie musste sie einfach hinterfragen. „Wenn du deinen Chef einmal mit Häschenpantoffeln gesehen hast, kannst du ihn einfach nicht mehr ernstnehmen", hatte sie Wollmeier anvertraut.

„Weil ich es sage, Herrgott nochmal", antwortete Guntram. Mit anderen Worten: Weil er ein komisches Bauchgefühl und keinen klaren Anhaltspunkt dafür hatte. Außer, dass sich Hubert mit der Nikolausnummer absolut untypisch verhalten hatte. Nett und uneigennützig waren die letzten Begriffe, mit denen man ihn beschrieben hätte. Und deshalb wollte Guntram alles untersuchen, was Hubert in seinen letzten Stunden getrieben hatte. „Und ab ins Labor damit", rief er seinen Kollegen zu, die brav jedes Beutelchen in einen eigenen Behälter gaben und beschrifteten.

Währenddessen war Dana auf der Weihnachtsfeier des Damenkegelclubs „Alle Neune". Allerdings nicht in Ursels Hinterzimmer, sondern auf der Kegelbahn, die ebenfalls zur Gaststätte gehörte. Der Bürgermeister hatte Angst vor der geballten Frauenpower und sich eigentlich vor der Rede drücken wollen, war aber von seiner Mutter, der ersten Vorsitzenden, dazu genötigt worden, „ein paar nette weihnachtliche Worte zu sagen. Wie sieht das denn aus, wenn du zu jeder Feier von den Karnickelzüchtern und den Meerschweinfritzen gehst, aber den Verein deiner eigenen Mutter boykottierst?" Also hatte Meerbohm sich ins Unvermeidliche gefügt und war brav mit seiner Mutter zur Weihnachtsfeier der Kegeldamen gegangen, wo er die weihnachtlichen Worte wiedergab, die Dana für ihn zusammengeschrieben hatte. Gerade kam er zum Ende seiner Rede.

„Sie sind eine wirklich umwerfende Truppe – was wäre unser Meisenwald ohne Sie? Die Adventszeit ist die Zeit der Besinnlichkeit, der Ruhe und der inneren Einkehr."

„Und der Weihnachtsfeiern!", rief Meerbohms Mutter, die sich am Rhabarberschnaps gütlich getan hatte. „Alle Neune! Alle Neune! Alle Neune! Und zack!" Allgemeine Unruhe und eifriges Zuprosten.

Mühsam verschaffte sich Meerbohm wieder Gehör. „Und so möchte ich Sie bitten: Nehmen Sie sich trotz aller vorweihnachtlichen Hektik ein wenig Zeit zur Besinnung. Machen Sie es sich zuhause gemütlich, zünden Sie eine Kerze an und hören Sie schöne Weihnachtslieder. Stimmen Sie sich ein auf die Weihnachtszeit und genießen Sie die Ruhe der Feiertage. Ich wünsche Ihnen allen eine frohe und besinnliche Weihnachtszeit mit Ihren Lieben und heute Abend eine schöne Feier in fröhlicher Runde!"

Meerbohms Mutter ergriff das Wort, bedankte sich für die schöne Rede „obwohl die ja ziemlich kurz war" und eröffnete schließlich das Buffet. „Haut rein, um acht ist Preiskegeln!"

Dana war wie immer ausgehungert, hatte aber im Vorbeigehen schon ein belegtes Brötchen stibitzt und war nun in der Lage, sich ganz gesittet am Buffet anzustellen. Um sie herum Stimmengewirr.

„Schöne Rede, aber viel zu kurz!"

„Gibt's eigentlich was Neues vom Nikolausmörder?"

„Ich habe gehört, dass die Polizei kurz vor einer

Festnahme steht."

„Tatsache ist doch, dass die den Mörder immer noch nicht haben. Stattdessen kontrollieren die von der Polizei pausenlos Reisebusse mit japanischen Touristen." Dana erkannte Frau Schmidtkes Stimme. Ihre Nachbarin war anscheinend auch eine tragende Säule des Damenkegelclubs. „Was komplett geschäftsschädigend ist, schließlich bringen die uns bares Geld!

„Früher sind wir auch ohne die Japaner ausgekommen. Jetzt findet man nirgends mehr ein Plätzchen für sich, weil überall die Schlitzaugen sind", muffelte Christa Dönges, die Schriftführerin. Im Privatleben war sie Hobbypolitikerin in einer kleinen Partei, die außerhalb von Meisenwald nahezu unbekannt war und sich innerhalb von Meisenwald durch fremdenfeindliche Parolen und Fortschrittsfeindlichkeit hervortat.

Frau Schmidtke hielt dagegen: „Aber wir verdienen gut an ihnen. Seit die unseren malerischen Weihnachtsmarkt entdeckt haben, hat jeder zweite Meisenwalder einen Stand auf dem Weihnachtsmarkt und verdient sich doof und dusselig an den Touristen."

Wie Dana aus sicherer Quelle wusste, hatte Ursel sogar schon überlegt, ein paar japanische Gerichte in ihre Karte aufzunehmen.

Aber Christa war noch nicht fertig: „Mich würde es nicht wundern, wenn die den ganzen Ort aufkaufen, uns alle vor die Tür setzen und unser schönes Meisenwald als Freizeitpark betreiben. Ich hab gehört, dass die sowas öfter machen."

Dana wartete gespannt, ob Christa das noch weiter ausführen würde, aber anscheinend mussten die Damen sich erstmal stärken. Himmlische Ruhe senkte sich über die Kegelbahn. Woher Christa wohl ihre Informationen bezog? Wahrscheinlich aus dem letzten Bussi-Bär-Heft, dachte Dana.

„Noch jemand einen Rhabarberschnaps? Der ist gesund." Ursel machte mit ihrem Tablett die Runde. Dana hatte sich überfressen und griff dankend zu.

„Das werden die sich zweimal überlegen, wenn die erst von der Kriminalität hier erfahren." Ursel war bei Dana stehen geblieben.

„Was überlegen?" Dana wusste nicht, was Ursel meinte.

„Na, die Japaner. Die angeblich alles kaufen wollen."

„Das glaubst du aber doch nicht wirklich?"

„Bei der Christa weiß man das nie. Kann auch sein, dass die sich das gerade erst aus den Fingern gesaugt hat. Aber überleg doch mal: Hier wird dauernd was geklaut und dann gibt's noch einen Mörder, der sein Opfer als Nikolaus verkleidet. Unheimlich ist das."

„Es ist ja gar nicht gesagt, dass der Mörder den toten Hubert angezogen hat. Vielleicht hatte der Hubert das Nikolauskostüm ja schon an und der Mörder hat einfach die günstige Gelegenheit genutzt."

„Wieso sollte sich der Hubert als Nikolaus verkleiden? Als ob der anderen Menschen jemals eine Freude gemacht hätte."

„Vielleicht hat er es aber doch. Weil er sich geändert hat. Man weiß es nicht."

Ursel fasste zusammen: „Der Mörder war also jemand, der wusste, dass Hubert auf dem Petershof sein würde. Und derjenige muss mit einer Mistgabel umgehen können."

„Das ist relativ einfach", kommentierte Dana. „Man fasst sie da an, wo es nicht spitz ist."

„Das kann also jeder", schlussfolgerte Ursel.

„Hm. Wer hätte denn ein Motiv?"

Ursel dachte nach. „Die Tanja hat ihn gehasst, das wissen hier alle. Angeblich war sie bei ihrer Mutter, aber welche Mutter würde nicht für ihr Kind lügen? Vor allem dann nicht, wenn es um den Schweinehund geht, der ihr das Leben versaut hat. Und so wie ich den Hubert kenne, hat der das nicht nur einmal gemacht."

„Ich fand ihn ja echt hässlich", gestand Dana, aber Ursel lächelte. „Der konnte sehr charmant sein. Hubert hatte halt diese Ausstrahlung. Und er konnte reden. Frauen mögen das."

Auf dem Heimweg dachte Dana über Hubert und seine verborgenen Talente nach. Blacky, der wieder durch Meisenwald strolchte, weil er auf Raubzug auf dem Weihnachtsmarkt gewesen war, - da gab es die leckerste Deko - musste sich gar nicht großartig verstecken, weil Dana so abgelenkt war. Mit den allgegenwärtigen Japanern hatte Blacky auch kein Problem, weil ihn die Touristen für ein Weihnachtsmaskottchen hielten. Blacky war ein beliebtes Fotomotiv und wahrscheinlich in Japan bekannt wie ein bunter Hund. Zufrieden begab er sich auf den heimischen Hof, wo er an der dafür vorgesehenen Stelle unter dem Zaun durchschlüpfte und so tat, als wäre er nie weggewesen.

11.12. Mittwoch.
Im Adventskalender: Eine Trompete.

Auf dem Paddock

„Heute ist wieder Probe für die Quadrille", teilte Else mit. Wir standen auf dem Paddock und genossen die Wintersonne. Wobei es einem unter so einer Decke schon ganz schön warm wird. Faxe und ich hatten uns abwechselnd gewälzt, was sehr erfrischend war. Überhaupt war Faxe viel besser gelaunt, seit er nicht mehr mein Assistent war. Merkwürdig.

Aber Else war noch nicht fertig. „Apropos Quadrille", sprach sie weiter, aber keiner von uns ging darauf ein. Das war ihr aber auch egal. „Also das wird ein richtiger Gala-Event. Ich hoffe, ihr seht alle anständig aus, wenn es so weit ist."

„Ich habe extra Strohsterne für meinen Schweif vorbereitet", erklärte ich mit großer Geste.

Faxe hatte mal wieder nicht zugehört, aber auf bestimmte Schlüsselreize reagierte zumindest sein Magen, der vernehmlich knurrte. „Stroh? Gibt's hier was zu essen?" Das lockte auch den Lutschi, meinen immer hungrigen neuen Assistenten, auf den Plan. „Eßßen wäre ßön", seufzte er und guckte traurig auf die leergefressene Raufe.

„Wer hat sich denn bis gerade eben den Bauch mit Heu vollgeschlagen?", giftete Faxe.

„Nicht schubßen", greinte der Lutschi, als ihn Faxe mit seiner lehmigen Decke abdrängte. „Du bißt naßß, das ist voll eklig."

„Ihr seid alle so peinlich", stellte Else fest. „Ich werde aussehen wie eine Prinzessin und ihr wie ein Haufen runtergerockte Ferkel." Kurze Pause. „Mein Gala-Abend

– alle werden mich feiern. Hach, ich freu mich so!"

„Gah-lah", erweiterte das spanische Mähnenwunder seinen Wortschatz und rollte das unbekannte Wort in seinem gefräßigen Mund herum.

„Du Süßer, du", sagte Else mit einem schelmischen Lächeln.

„Lenk meinen Assistenten nicht ab", ermahnte ich Else. „Wir haben einen Mordfall zu klären!"

„Es war doch nur Hubert", antwortete sie wegwerfend. „Den konnte keiner leiden, du hast also jede Menge Verdächtige und kannst dir da ganz entspannt deinen Mörder aussuchen."

„Ach, du meinst, ich drehe mich einmal mit geschlossenen Augen um und wen ich als Ersten sehe, der ist der Mörder?" Frechheit, das. Ich ermittele wissenschaftlich und mit großer Präzision. Außer, wenn ich mich mit geschlossenen Augen umdrehe.

„Genau so stelle ich mir das vor", bekräftigte Else.

„Dann lass dir von mir berichten, dass es anders ist. Mein Assistent und ich – komm gefälligst her, wenn ich über dich spreche – haben bereits festgestellt, wer alles ein Mordmotiv hat. So viel kann ich jetzt schon verraten: es sind viele." Der Lutschi nickte wissend und wiederholte: „Vieh-leh."

Blondie, der Schwarzwälder Fuchs, hatte die ganze Zeit herumgestanden und gemütlich geguckt. Gemütlich gucken konnte er gut. Rumstehen auch. Er war mehr so der ruhige Typ, der gern isst. Bei seinem Besitzer Erwin war er mit diesen Charaktereigenschaften gut aufgehoben. Erwin war auch ruhig, hatte es gern gemütlich und fütterte Blondie gern. Außerdem gingen beide gern ins Gelände. Jetzt gerade ging Blondie aber auf mich zu. Auf Else konnte er nicht zugehen, weil die auf der anderen Seite des Zaunes stand, auf dem Mädelspaddock. Die Erde bebte leise. Als er sich mit Fragezeichen in den Augen vor mir aufbaute, vibrierte der Boden zart nach.

„Du sag mal … diese Ermittlungen. Was hat es damit eigentlich auf sich?"

Gottseidank, er hatte mich gefragt. Nun denn. Ich warf mich in die Brust und erklärte: „Blondie, mein Freund. Du bist noch nicht lange bei uns, gehörst aber doch irgendwie zur Familie, denn wir haben dich lieber zum Freund als zum Feind. So wisse denn, dass ich Mordermittlungen betreibe und es darin bereits zu einer gewissen Meisterschaft gebracht habe. Man schreibt sogar Bücher über mich!"

Blondie nickte unbeeindruckt. „Das hat sicher was mit dem toten Nikolaus zu tun."

„Den Nikolaus gibt's gar nicht", informierte ich ihn. „Es war Hubert, der Barhufbearbeiter."

„Der Kleine mit dem Wieselgesicht, der die Pferde immer in den Bauch tritt?"

„Genau der."

„Gut, dass der tot ist", war sein Kommentar dazu. Ich wartete, ob noch etwas käme, aber er drehte sich um und wollte weggehen.

„Warte!", rief ich aufgeregt. Er drehte sich um.

Ich räusperte mich und fuhr mit sonorer Stimme fort: „Ich ermittele in diesem Mordfall. Das heißt, ich suche den Mörder."

„Wie so ein Hobbypolizist?"

„Das heißt Privatdetektiv!"

„Wegen mir. Und was habe ich damit zu tun?", fragte er.

„Du bist ein wichtiger Zeuge", erklärte ich ihm. „Komm her, Lutschi, und schau zu, wie der Onkel Pfridolin einen Zeugen befragt!"

„Och, jetzt bist du schon Onkel. Wie süß", fand Else, die ihre Ohren immer dort hat, wo sie nicht hingehören.

„Sssseuge", übte der Lutschi das neue Wort und sah

mich mit großen Augen an.

„Also Blondie", begann ich in strengem Ton. Man muss mit den Zeugen klar und deutlich reden, damit sie wissen, dass sie die Wahrheit sagen müssen. „Wo genau warst du am Nikolaustag? So in der Nachmittagszeit?"

„Hier, zusammen mit dir", war seine Antwort. Und weil er kein allzu schneller Denker war, kam noch: „Du hast doch gesagt, den Nikolaus gibt's gar nicht!"

„Aber den Nikolaustag gibt es, und das ist der sechste Dezember. Und weißt du vielleicht, welche Menschen zu der Zeit im Zehnerstall waren?"

„Keine, glaube ich. Außer Hubert. Pferdebesitzer waren keine da, weil wir ja alle noch auf dem Paddock waren." Gutes Argument. Pferdebesitzer sind alle gleich, die kommen an, fangen sich ihr Pferd und machen was damit. Das ist einfach so.

„Und was ist mit den Peters'? Hatten die noch was im Stall zu tun? Beutelchen mit Geschenken aufhängen oder so?"

„Woher soll ich denn sowas wissen?", muffelte Blondie.

„Die Geschenkbeutel waren angeblich nicht von Familie Peters, sondern von Hubert", mischte sich Else ein. „Was seine Verkleidung erklären würde."

„Hör gut zu, Lutschi, und merk dir, was die Tante Else gesagt hat", wies ich meinen Assistenten an. „Das ist wichtig."

„Wichtig", nickte das spanische Mähnenwunder. Die Tante Else guckte mich böse an und den Lutschi lieb. Sowas können nur Frauen.

„Wer war denn noch um diese Zeit im Stall? Erwin vielleicht?"

„Nee, der wollte erst später reiten kommen. Vorher musste er noch Geschenke für seine Kinder besorgen." Blondie dachte nach. „Irgendwas mit Tee-Hemden."

„Tee-Hemden?" Ich war verwirrt.

„Bestimmt meint er T-Shirts. Der Erwin mag ja diese englischen Wörter nicht, weil er sie nicht aussprechen kann", erklärte Else ungefragt.

Ich sah sie anklagend an. Schön und gut, dass sie mir helfen wollte, aber sich so ungefragt in meine Ermittlungen einmischen, das geht so nicht.

Bevor ich sie zur Ordnung rufen konnte, hatte Blondie aber schon ergänzt: „Anglismen sind das, sagt er."

„Anglizismen", korrigierte Else.

„Meinetwegen auch das. Bei der Quadrille singt der auch nur bei den deutschen Weihnachtsliedern mit, weil er bei den anderen die Texte nicht kann."

Erwin hatte bei der Quadrille noch genug Luft, um mitzusingen? Respekt! Die Frau schaffte das gottseidank nicht. Wenn die im Sommer aus therapeutischen Gründen sang, weil ihr Frau Reitlehrerin das mal zur Beruhigung der Nerven empfohlen hatte, fielen die Vögel taub aus den Bäumen. Ganz zu schweigen von den Schäden, die mein Nervensystem nahm.

„Hach, die Quadrille! Ich freu mich ja so!" Da waren wir wieder bei Elses Lieblingsthema.

Aber Blondie war noch nicht fertig. „Dieses Ermitteln – warum machst du das eigentlich?", wollte er wissen.

„Weil ich es kann", war meine unschlagbare Antwort. Else nickte zustimmend. Irgendwer fütterte die mit Entspannungskräutern, da war ich mir sicher. So flauschig war die sonst nicht. Misstrauisch sah ich zu ihr und sprach weiter: „Als nächstes werden wir herausfinden, wer Gelegenheit zur Tat hatte."

„Das ist einfach. Alle, die nicht woanders waren", erklärte Else.

„Jetzt nimm doch nicht alles vorweg, das war ein Lernziel für den Lutschi", schimpfte ich. Aber ich musste mir keine Sorgen machen, das minderjährige Mähnenwunder hatte eh nicht zugehört, sondern spielte mit Faxe Nachlaufen, wobei es abwechselnd „Gah-lah" und „Ah-lih-bi" sagte. „Siehst du, er weiß schon, worauf es ankommt. Wer alles ein Alibi hat und wer nicht."

„Und wie findet ihr das heraus?"

Ich sah sie mitleidig an. „Durch Ermitteln natürlich. Wo warst du denn zum Beispiel zur Tatzeit?"

Jetzt guckte Else mitleidig. „Auf dem Paddock, so wie alle anderen Pferde. Du übrigens auch."

„Falsch!", triumphierte ich. „Die Minishetties waren nicht da."

„Hat hier wer über uns gesprochen?" Betont lässig krabbelte Bella unter dem Zaun durch und guckte mich aus halbgeschlossenen Augen an. Blacky folgte ihr, hielt aber einen gewissen Sicherheitsabstand ein.

„Beziehungsstress?", fragte ich.

„Mein toller Freund hier", abfällig sah sie Blacky an, „hat den ganzen Abend in Meisenwald verbracht. Da sollte er den Weihnachtsmarkt abchecken und mir Bescheid sagen."

„Ja und?"

„Ja und? Ja und?", äffte sie mich nach. „Hat er aber nicht!"

„Kann er doch jetzt noch machen", äußerte ich hilflos.

Bella konnte sehr schnell sehr wütend werden. „Du raffst es nicht, oder?"

„Was genau?" Ich konnte ja jetzt nicht einfach Ja sagen, auch wenn mir nach wie vor unklar war, wovon Bella eigentlich sprach.

„Was genau, was genau. Ich fass es nicht. Hör mal, Herr Hobbydetektiv, du stehst aber schwer auf der Leitung, oder? Mein zukünftiger Ex-Freund sollte mir Bescheid geben, wann genau wir den Weihnachtsmarkt überfallen und alle Buden leerräumen können."

„Aber das darf man nicht!" Aufgeregt sah ich Bella in die hübschen Rehaugen, die so zynisch gucken konnten.

„Dir kann ich das ja sagen. Du würdest einen Verbrecher noch nicht mal dann erkennen, wenn er laut schreit und dir ins Bein beißt."

„Das ist aber … frech!", sagte ich nach einer kurzen Bedenkzeit, in der ich meine flüchtigen Gedanken sortiert hatte.

„Ja. So sind wir nun mal", erwiderte Bella und zog ab.

Ich tauschte einen entsetzten Blick mit Blacky, der wortlos mit den Schultern zuckte. Da machst du nix, schien das zu bedeuten.

„Ahem. Aber abgesehen von kleinen Widrigkeiten…"

„So klein sind wir gar nicht. Aber dafür voll kriminell!" Das war Bella, die mittlerweile bis zur Heuraufe auf dem Stutenpaddock vorgedrungen war – unsere war ja schon leer – und deren angestammte Nutzerinnen in die Flucht geschlagen hatte.

„War's das jetzt? Abgesehen von großen Widrigkeiten, die gerade Heu fressen, laufen die Ermittlungen reibungslos. Die Hauptverdächtigen befinden sich an der Heuraufe auf dem Stutenpaddock."

„So ein Quatsch, wie sollen die denn Hubert mit der Mistgabel erstochen haben?" Else hatte aber auch immer was zu meckern.

„Vielleicht ist er unglücklich gefallen, weil sie ihn erschreckt haben", verteidigte ich meine Theorie. „Es kann aber auch sein, dass Hubert von einem seiner zahlreichen menschlichen Feinde getötet wurde."

„Jetzt kommen wir der Sache schon näher", teilte Else mit.

„Da kommen alle in Frage, die zur Tatzeit im Stall waren. Familie Peters, weil sie hier wohnt. Kiki, weil sie auch hier wohnt. Auch wenn sie hundertmal Frau Reitlehrerin ist und ich ein bisschen in sie verliebt bin."

„Was ist mit den Stallhelfern?"

„Oleg und Sergej? Die sind raus, weil die nach Feierabend freiwillig keine Mistgabel mehr anfassen." Logik kann ich.

„Dann bleiben nur noch die Pferdebesitzer aus dem Zehner-Stall", überlegte Else.

„Und der große Unbekannte, der zufällig vorbeigekommen ist und die Gelegenheit genutzt hat. Und den werde ich finden!" Ich warf mich in die Brust.

Der Lutschi hörte auf, albern herumzuhopsen und fragte: „Unterrrßuchen wirrr Ah-lih-bis? Von Menßßen?" Er hatte sich auf Taschendurchsuchungen spezialisiert und war da ganz erfolgreich. Die Leute fielen auf seine Kulleraugen und den zotteligen Schopf rein und merkten nicht, dass er ihnen währenddessen schon die Zunge in die Jackentasche gesteckt hatte. Auch bei Reißverschlüssen war er geschickt. Das einzige Problem war, dass er seine Beute – wir Detektive nennen das Beweise – immer sofort aufessen wollte. Aber das kriegen wir auch noch hin, so langsam werde ich zum geschulten Psychologen. Gestern erst konnte ich ihn dazu nötigen, das aus Björns Tasche gestohlene Handy wieder auszuspucken. Es war ein robustes Modell, was sofort zu klingeln begann. Eine gewisse Ina rief an. Ich verwahrte diese Information für später. Wenn ich ganz ehrlich war, war das auch das einzige handfeste Ermittlungsergebnis. Dann fing Else wieder an, von der Quadrille zu reden und es wurde ganz fürchterlich.

Und als ich dachte, schlimmer könnte es jetzt nicht mehr werden, stand die Frau mit einem Plüsch-Rentiergeweih da, das ich anziehen sollte. „Und niedlich gucken, fürs Foto!", jauchzte sie. Verschreckt guckte ich hoch und tatsächlich stand der Mann mit seiner riesigen Kamera da. Er leiht sich nämlich öfter die dienstliche Kamera aus, womit sonst Tatorte fotografiert werden und bildet sich ein, keiner würde es merken. Die Frau unterstützt das, weil die Kamera auch von ihren Steuergeldern bezahlt wurde und sie hübsche Fotos haben will. Warum sie dann immer mit auf die Bilder draufwill, ist mir allerdings schleierhaft.

Natürlich habe ich mich konsequent verweigert und die Ohren beleidigt weggeklappt. Soll doch ruhig jeder sehen, wie ich gemobbt werde. Das ist doch tierschutzwidrig. Leider war nach dem Rentiergeweih noch nicht Schluss. Die Frau hatte einen ganzen Karton mit unnützen Requisiten dabei. Zuerst habe ich ja noch gedacht, es gäbe Leckerli, aber nachdem immer mehr rot-weiße Flauschi-Teile mit Glöckchen dran zum Vorschein kamen, verließ ich den Ort des Geschehens fluchtartig. Dabei muss ich wohl eine ausdrucksvolle Passage gezeigt haben, denn Blondie und Faxe geizten nicht mit blöden Sprüchen.

„Der Elfenprinz kommt", meinte Blondie, als ich wie von Furien gejagt in meine Box galoppierte.

„Ja, und er ist auf der Flucht", ergänzte Faxe.

Als die Frau keuchend, schnaufend und entsetzlich fluchend neben mir stand, war aber sogar ihr klar, dass die Glöckchen nicht – ich wiederhole: NICHT – an meine Trense kommen. Glück gehabt.

„Elfenprinz. Höhöhöh", wiederholte Blondie. Für den Fall, dass ich das beim ersten Mal überhört haben sollte. Wer solche Freunde hat, braucht keine Feinde.

Nach dieser entwürdigenden Vorstellung war aber leider noch nicht Feierabend. Überhaupt, Feierabend, was ist das eigentlich für ein Wort. Ich feiere das nicht, wenn die sogenannte Besitzerin nach Büroschluss hier auftaucht und sich von mir herumschleppen lassen will. Im Sommer ist das ja manchmal noch ganz nett, da traut sie sich zwischendurch auch mal ins Gelände. Aber jetzt, im Winter, steht eigentlich nur Hallentraining auf dem Plan, und dabei ganz viel von der schrecklichen Kling-

Glöckchen-Musik.

Oder eben die Quadrille from Hell, bei der aber auch gar nichts klappen will und Kiki uns die Figuren endlos wiederholen lässt. Leider wiederholt sich die Musik genauso endlos und mein neuer Quadrillenpartner Blondie und ich verpassten unsere Einsätze wieder und wieder.

„Kling!! Glöckchen!! Klingelingeling!!", sang Erwin heiser, aber unverdrossen. Blondie marschierte stoisch vor sich hin.

Jetzt klingel doch endlich, du beknackte Glocke, damit wir es hinter uns haben, dachte ich böse. Laut sagte ich: „Du musst stehenbleiben, damit ich im Kreis um dich rumlaufen kann."

„Oh ja, tanz für mich, mein Elfenprinz", antwortete Blondie, was eine totale Unverschämtheit war, weil ich nur eine rotweiße Schabracke anhatte und nichts von dem peinlichen Weihnachtselfen-Zubehör.

Also blieb ich natürlich stehen, um das mit Blondie auszudiskutieren und Kiki wurde ein wenig lauter, als nötig gewesen wäre, denn schließlich bin ich nicht taub. Erwin und die Frau trugen es mit Fassung. Das fand ich komisch. Erwin schien generell eine beruhigende Wirkung auf sie auszuüben. Das war sehr angenehm.

„Ich glaube, ich kriege Migräne", tönte Else von weiter hinten.

Kiki seufzte und ließ uns erneut paarweise antraben. Auf ihr Kommando hin blieb das innere Pferd stehen. Mittlerweile konzentrierten wir uns nicht mehr auf die verwirrende Hilfengebung unserer Reiter, sondern direkt auf das Zentrum der Macht, das Kiki hieß. Das äußere Pferd drehte eine Volte um seinen herumstehenden Tanzpartner und wenn es wieder am Ausgangspunkt angekommen war, trabte das innere Pferd an, so dass es paarweise weiterging. Eigentlich nicht soooo schwer, aber man muss halt aufpassen. Was schwierig ist, wenn man auf Pferdeseite noch die ein oder andere Rechnung offen hat und die Reiter zusätzlich miteinander quatschen und somit ebenfalls abgelenkt sind.

Zu meinem Leidwesen hörte Dana irgendwann auf zu sprechen und sang stattdessen mit. *Auch das noch.* Irgendwann waren unser aller Gehirne weichgekocht und Kiki zufrieden. Ein letztes Aufmarschieren und dann waren wir endlich fertig. Kiki winkte ihrem Vater hektisch, damit er die Musik abstellte. Das Weihnachtsgedudel verstummte und himmlische Ruhe senkte sich über die Reithalle. Ein Traum.

Blondie und ich gingen noch ein bisschen nebeneinander her, damit Erwin und Dana weitersprechen konnten. Erwin freute sich, dass Dana ebenfalls mitgesungen hatte, was kein günstiges Licht auf sein Urteilsvermögen warf. Da beide halbwegs gleichalt waren, durchforsteten sie ihr Gedächtnis nach anderen Liedern, die sie singen konnten, fanden aber nur welche, deren Text *Lalalala* war. Darüber schütteten sich dann beide vor Lachen aus. Blondie guckte mich an. Ich guckte Blondie an.

„Menschen, oder? Da fällt einem nix zu ein", war mein Kommentar.

Und seiner: „Elfenprinz."

Worauf die Frau zu Erwin sagte: „Ich weiß gar nicht, warum der Pfridolin so böse zu Blondie ist. Komisch."

Dienstag, der 17.12.
Im Adventskalender: Eine Lokomotive.

Im Polizeirevier

Vorsichtig holte Guntram eine kleine Schoko-Glocke aus dem Adventskalender. Die war von gestern. Während er die Schokolade aß, öffnete er das Türchen mit der Aufschrift Siebzehn. Eine Schoko-Lokomotive. Auch schön. Und vor allem nahrhaft. Nun konnte die Besprechung kommen. Ach nein, Meeting hieß das ja jetzt. Guntram sah noch einmal seine Notizen durch. Als Erstes ging es um die neue Polizeiwache. Die Handwerker waren fleißig gewesen und nun musste der Umzug geplant und vorbereitet werden. Dann ging es um die Weihnachtsfeier, die gemeinsam mit der Stadtverwaltung im Rathaus stattfinden sollte. *Haben alle eine Eintrittskarte? Gut. Als nächstes die Wichtelgeschenke.* Über seinem Kopf klingelte es leise, als sich die Weihnachtskugeln, die an den aufgehängten Tannenzweigen baumelten, zart umeinander und manchmal auch gegeneinander bewegten.

„Irgendwo ist ein Fenster offen. Ich kann so nicht arbeiten!", rief Susanne aus der Tiefe des Raums.

„Es ist höllenwarm hier drin", rechtfertigte sich Guntram, dessen Fenster auf Kipp stand.

„Genau zwanzig Grad. Das ist der von der Arbeitssicherheit vorgeschriebene Mindestwert", erklärte POM Wollmeier ungefragt und mit verkniffenem Gesicht.

„Mir geht es auch gar nicht um die Temperatur, sondern um die Zugluft", erklärte Susanne. „Die ist nämlich ungesund. Ruck-zuck hat man eine Erkältung."

„Ja, und dann schimpft unser Chef wieder über die hohen Fehlzeiten. Nachdem er uns alle krank gemacht hat. Ich verstehe dich gut, Susanne." Wollmeier konnte erstaunlich empathisch sein, beobachtete Guntram erstaunt. Und Susanne antwortete mit einem zart geflöteten „Danke, Siggi." Oh, man war schon beim Du, konstatierte Guntram. War das das Wunder der Weihnacht? Eigentlich hatten Wollmeier und die hochgewachsene Kommissarin viel gemeinsam: Beide hatten einen kurzen Geduldsfaden, eine Schwäche für Waffen und oft schlechte Laune. Wo die Liebe hinfällt, dachte Guntram achselzuckend. Schnell blätterte er die letzten Berichte durch. Sie kamen einfach nicht weiter. Weder im Fall des toten Nikolaus noch bei der Ermittlung des Seriendiebs.

Wollmeier und Susanne hatten eifrig japanische Reisebusse und auch andere Verkehrsteilnehmer kontrolliert und waren in der Zwischenzeit durch Meisenwalds weihnachtlich dekorierte Straßen spaziert, während Jonas und er Alibis überprüft hatten. Zudem hatten sich Susanne und Meisenwalds bester Polizist jeweils zur Mittagszeit im dicksten Gedrängel auf dem Weihnachtsmarkt herumgetrieben. Aber der Seriendieb hatte seit ein paar Tagen nicht mehr zugeschlagen. Vielleicht hat er auch einfach aufgegeben? Fingerabdrücke hat er jedenfalls an keinem seiner Tatorte hinterlassen. Jede Wette, dass das ein Profi ist, der sich mit uns einen Spaß macht, dachte Guntram missmutig. Wenn wir wenigstens in dem Mordfall weiterkommen würden. Jede Menge Verdächtige und kein Tatzeuge. Jonas soll mal im Labor anrufen, ob die was Neues für uns haben. Er seufzte abgrundtief.

Pünktlich um zehn Uhr versammelte er sein Team im Besprechungsraum, wo Wollmeier argwöhnisch die Raumtemperatur kontrollierte, aber sehr zu seinem Leidwesen nichts daran auszusetzen hatte. Susanne betrat den Raum hochaufgerichteten Hauptes. Wie eine Königin, dachten Wollmeier und Guntram gleichzeitig, wobei Wollmeier glasige Augen und Speichelfluss bekam,

Guntram dagegen Angst. Susanne hatte in ihrer Beziehung ganz klar die Hosen angehabt und Guntram fürchtete sich immer noch ein wenig vor ihr.

Jonas schlenderte mit einem Stapel Papier an seinen Platz. Im Gegensatz zu Wollmeier, der immer frisch gestärkt und frisch gebügelt aussah, hatte Jonas' Mutter sich in der letzten Zeit verweigert und ihren Filius zur selbständigen Wäschepflege aufgefordert. Nun war Jonas ein guter Junge und motivierter Polizei-Azubi, aber Bügeln zählte nicht zu seinen Hobbies. Seine Haare waren länger als man das bei einem Polizisten erwarten würde, er sah insgesamt eher krüsselig aus und er hatte eine angenehm durchschnittliche und entspannte Ausstrahlung. Ein schöner Ausgleich zu den beiden Cholerikern, die ungeduldig aufblickten und mit ihren Unterlagen raschelten. Wollmeier tippte vielsagend und vorwurfsvoll auf seine Armbanduhr. „Können wir dann endlich anfangen?", fragte Susanne.

Guntram guckte ebenfalls auf seine Armbanduhr, fand sie schöner als die von Wollmeier und eröffnete das Meeting mit einer Zusammenfassung der bisherigen Ermittlungsergebnisse. Das war schnell getan. Dann ging es nahtlos zur Weihnachtsfeier, die im Rathaus stattfinden sollte.

„Wir feiern zusammen mit der Stadtverwaltung und freuen uns schon auf die engere Zusammenarbeit, die durch den Umzug in die neue Polizeiwache möglich wird."

Da hatte er was gesagt. Den Umzug hatten die Kollegen offensichtlich verdrängt oder gehofft, er fände er nie statt. Wollmeier lief feuermelderrot an und ließ Guntram wissen, seine Weihnachtsfeier könne er sich von der Backe putzen. So, wie hier mit den Mitarbeitern umgegangen werde, ginge die genauso in die Hose wie der geplante Umzug „auf die Baustelle. Das ist Mobbing vom Feinsten, damit gehe ich zum Personalrat!"

Guntram atmete mehrmals ein und aus und erklärte mit sanfter Stimme, es handele sich hier um eine Feier, bei der man miteinander eine schöne Zeit haben wolle. Irgendwann später stünde dann der Umzug an („A-ha!", zürnte Wollmeier), der durch qualifiziertes Personal durchgeführt werde. Die Kollegen müssten lediglich ihre Akten verpacken, alles andere würde wie von Zauberhand durch die sagenhafte Umzugsfirma erledigt werden. Susanne brach in haltloses Gelächter aus. Wollmeier, dem die Idee der dienstbaren Geister gut gefiel, sah sie irritiert an.

„Hast du schon Behördenumzüge miterlebt, Siggi?", fragte sie ihn.

Der sah begeistert zu ihr auf. Das Du hatte ihre kollegiale Beziehung ungemein veredelt, fand er. Ein kleiner Speichelfaden bildete sich in seinem Mundwinkel.

Guntram erkannte seine Chance und nutzte Wollmeiers momentane Geistesabwesenheit, um das Thema schnell wieder auf die Weihnachtsfeier zu bringen. „Es gibt ein warmes und kaltes Buffet und ein Krippenspiel, an dem wir nicht mitwirken müssen. Außerdem wird gewichtelt, was das Zeug hält."

„Boah Wichteln", seufzte Jonas. „Da weiß ich nie, was ich schenken soll."

„Ich helf dir", bot Susanne an, in der spontan der Mutterinstinkt erwacht war. Außerdem schadete es nichts, mehrere Verbündete zu haben, dachte sie sich. Ihr Plan, Guntram abzusägen, war immer noch aktuell. Aber dafür brauchte sie Verbündete. Und einen Fehltritt, mit dem sich Guntram praktisch selbst absägen würde. Aber so, wie sie ihn kannte, war das lediglich eine Frage der Zeit. Vielleicht würde er sich schon auf der Weihnachtsfeier so unsterblich blamieren, dass er als Vorgesetzter unmöglich wäre?

Guntram wunderte sich über ihr sonniges Lächeln, aber

da er ein freundlicher Mensch war, erwiderte er es, als er die Eintrittskarten für die Feier verteilte. „Auf der Rückseite steht der Wichtelpartner, der geheim ist. Also nicht den Namen verraten! Es soll ja keiner wissen, wer ihn da beschenkt." Er sah, wie es in Wollmeiers Kopf arbeitete und ergänzte: „Die Dienststellenleitung hat natürlich ein Verzeichnis, falls da irgendwas aus dem Ruder läuft." Er sah sich mahnend um. „Gibt es noch Fragen? Nein? Dann gibt es noch eine Neuerung bei unseren Arbeitsabläufen. Wir müssen unsere Strategie ändern, um hartgesottene Kriminelle wie unseren Seriendieb und auch den Nikolausmörder zu ergreifen. Das machen wir wie folgt: Wollmeier, Sie sind ab sofort im Objektschutz. Die Kollegin Bremer unterstützt Sie dabei. Jonas, du und ich fahren zum Petershof und befragen alle, die wir dort antreffen. Vielleicht verrät sich unser Mörder ja durch irgendwas. Ein Mensch kann nur eine begrenzte Zeit überzeugend lügen."

Wollmeier und Susanne tuschelten erregt. Susanne stand auf und verkündete, die Einteilung zum Objektschutz sei eine Frechheit. Vor Gebäuden rumstehen und aufpassen, dass die nicht geklaut werden, wäre ja wohl das Letzte. Wollmeier, der von Susanne entsprechend aufgehetzt worden war, drohte lautstark mit einer neuerlichen Dienstaufsichtsbeschwerde.

„Wenn ich bitte ausreden darf? Der Objektschutz bezieht sich auf den Weihnachtsmarkt, wo unser Seriendieb früher oder später zuschlagen wird. Da ist es voll, da stehen die Menschen eng gedrängt um die Buden herum – ein Freudenfest für jeden Taschendieb. Wer da unbeklaut nach Hause geht, dem ist nicht mehr zu helfen." Guntram hatte sich langsam warmgeredet und fand sich unglaublich diplomatisch. „Und genau da stehen Meisenwalds beste Polizisten und greifen sich unseren Täter."

„Und Mittag können wir da auch gleich machen." Wollmeier war ein Mann der Praxis.

***

Währenddessen in Danas Büro

„Konnichiwa. Guten Tag." Dana saß an ihrem Schreibtisch und übte japanische Floskeln, die sie von einem Spickzettel ablas. Die Bürotür öffnete sich und Herbert Dinkelfuss kam herein.

„Denki gesu ka? Wie geht es Ihnen?", begrüßte ihn Dana.

„Ich denki, mir geht es gut. Was machst du da?", wollte Herbert wissen.

„Ich bereite mich auf unseren Besuch vor."

„Welchen Besuch?"

„Die japanische Delegation, die gleich hier vorbeikommt", erklärte Dana.

„Sprechen die kein Englisch?"

„Doch, und die haben sogar einen Dolmetscher, aber ich finde es nett, wenn man sich bemüht, ihre Sprache zu sprechen. Yoroshiku onegaishimasu. Ich hoffe, unsere Beziehung wird gut."

„Dann haben sie auch mal was zu lachen", fand Herbert.

Dana guckte böse. „Tsumaranai desu. Das ist lästig."

„Und weshalb sind die nochmal hier?"

„Hatte der Bürgermeister doch in seiner Mail geschrieben: weil die hier investieren wollen. Youkoso. Herzlich willkommen."

„Warum denn hier und nicht in Düsseldorf oder Köln? Da gibt's auch schon viel mehr Japaner als hier. Wir kennen uns mit denen ja gar nicht aus."

„Das musst du sie schon selber fragen. Vielleicht, weil es

hier schöner ist als in Düsseldorf oder Köln", schlug Dana vor.

„Hier gibt's deutlich mehr Fachwerkhäuser als in der Großstadt, sowas mögen die", mutmaßte der Japan-Experte Dinkelfuss. „Aber von Corinnas Plätzchen geb ich keine ab. Genausowenig wie ich Corinna mit einem anderen teilen würde. Wieso kennst du dich eigentlich so gut mit Japanern aus und mit dem, was sie denken?"

„Ist das hier ein Verhör? Und glaubst du im Ernst, die Japaner kommen nur hierher, um dir deine Corinna auszuspannen?"

„Man hört ja so einiges. Die Japaner sollen ja sogar Spione hier haben." Er sah sie vorwurfsvoll an.

„Spione? Für die Japaner?" Dana lachte laut los. Dann fiel bei ihr der Groschen und sie fragte nach: „Du denkst, ich spioniere für irgendwelche Japaner?" Verrückt. Da hatte Guntram also tatsächlich recht gehabt mit seiner Vermutung, Herbert Dinkelfuss halte sie, Dana Dirksen, für eine feindliche Agentin.

„Könnte ja sein", rechtfertigte der sich.

„Und was soll ich da bitteschön ausspionieren? Wieviele Beschwerden hier eingehen und wieviele handgemalte Parkknöllchen unser selbsternannter Park-Sheriff[9] pro Tag produziert?"

„Der Brösmann hat jetzt einen Drucker", warf Herbert ein.

Aber Dana war noch nicht fertig: „Oder wo die beste Weihnachtsfeier der Saison stattfindet?"

„Ja eben, was kannst du hier schon ausspionieren. Ich hab an diese Gerüchte nie geglaubt. Möchtest du Plätzchen?" Als Friedensangebot reichte Herbert ihr die ganze Plätzchenschüssel quer über den Schreibtisch. Dana

---

9 Gemeint ist natürlich Friedhelm Brösmann, dem es als Rentner oft ganz schön langweilig ist.

stopfte sich beide Backen voll. Corinnas Plätzchen waren ein Traum!

In diesem Moment klopfte es und Bürgermeister Meerbohm führte eine Gruppe Japaner ins Büro. „Konnichiwa", begrüßte der ranghöchste Japaner Dana und Herbert. Als Pferdebesitzer erkennt man schnell, wer irgendwo der Chef ist.

Der mitgebrachte Dolmetscher übersetzte: „Guten Tag!"

„Guten Tag", erwiderte Herbert. Dana sagte so etwas ähnliches wie „Mumpf mumpf mumpf Guhmdag." Der Bürgermeister schenkte ihr einen vernichtenden Blick und führte die Japaner ins nächste Büro. Wenig später steckte er erneut seinen Kopf durch die Tür. „Sie denken an die Rede für den Bayernverein heute Abend?"

„Natürlich", log Dana, die vor lauter japanischen Floskeln die Weihnachtsfeier bei dem Trachtenverein nicht mehr auf dem Schirm gehabt hatte und sich jetzt noch schnell was aus den Fingern sagen musste. Sie griff sich noch zwei Handvoll Plätzchen und stellte die Schüssel bedauernd wieder auf Herberts Seite des Schreibtischs.

„Ich würde dir ja gern helfen", sagte der und zog sich die Jacke an, „aber leider bin ich mit Corinna verabredet. Wir gehen Reibekuchen essen, auf dem Weihnachtsmarkt."

„Schön für euch", sagte Dana, wartete, bis sich die Tür hinter Herbert geschlossen hatte und holte sich die Plätzchen zurück.

***

Abends bei Ursel

Ohrenbetäubend laut dröhnte die Volksmusik aus den Lautsprecherboxen in Ursels Hinterzimmer. Auf der kleinen Bühne drehten sich Männer in kurzen Hosen, während sie synchron auf ihre Hände, Beine und

Schuhsohlen schlugen. Die großen Gamsbärte auf ihren Hüten wiegten sich dazu im Takt. Dana kam sich vor wie auf einem anderen Stern. An den Wänden hingen weißblaukarierte Fahnen und Bilder von jemand, den Dana erst nach längerer Bedenkzeit als König Ludwig II. erkannte. Neben dem Kini prangten große Schilder mit der Aufschrift Trachtenverein Bavaria Meisenwald und dem Vereinsmotto „Boarisch samma!"

Der Bürgermeister hatte seine von Dana in aller Eile zusammengeschriebene Rede gehalten und sich hastig verabschiedet, weil er noch zur Weihnachtsfeier des Friesenclubs auf dem Gestüt von Gerrit van de Velde wollte und diesem noch einen Gefallen schuldete, wie er sagte. Dana wusste, dass er darauf hoffte, bei der nächsten Ausfahrt in der vierspännigen Kutsche des Züchters mitfahren zu dürfen. Mit der Kutsche und vier mächtigen Friesen davor durch Meisenwald zu paradieren war schon lange ein Wunsch ihres obersten Chefs. Dafür zeigte er sich sogar bei Gerrits Weihnachtsfeier, die hauptsächlich auswärtige Friesenfans anzog. Die Meisenwalder hatten schließlich jeden Tag Gelegenheit, van de Veldes schwarze Perlen zu besichtigen. Wie jeder Politiker suchte Meerbohm bevorzugt Veranstaltungen auf, die auch sein Wahlvolk besuchte. Aber für eine Fahrt mit Gerrits Kutsche brachte er gern Opfer.

Dana hatte sich verweigert. Sie war nach dem Büro schnell in den Stall gefahren und hatte seit Herberts Plätzchen nichts mehr gegessen. Entsprechend ausgehungert war sie jetzt und freute sich auf ein deftiges bayerisches Buffet. Endlich hörte die Musik auf und das Buffet wurde eröffnet. Die Tänzer waren die ersten an Ursels reich gedeckter Tafel, aber Dana stand in der Schlange unmittelbar hinter dem letzten Tänzer, der sich plötzlich zu ihr umdrehte und Dana dabei mit dem riesigen Gamsbart an seinem Hut kitzelte. „Dös is a zünftige Schuhplattel-Gaudi, gell?"

Dana fiel aus allen Wolken. „Björn? Dich hätte ich in der Verkleidung ja nie erkannt! Und warum sprichst du bayrisch?"

„Weil mir boarisch san!" Er zwinkerte ihr zu. „Spaß. Ich bin schon seit Jahren Mitglied im Bayernverein, wegen der Geselligkeit. Seit ich Else übernommen habe, habe ich dafür weniger Zeit, aber einmal Schuhplattler, immer Schuhplattler. Übrigens bin ich nicht der Einzige aus dem Stall, der ein Herz für die Bayern hat. Guck, Erwin und Felix sind auch da." Auch die hätte Dana in der Bayernmontur mit dem lustigen Hut nie erkannt. Sie winkte ihrem Quadrillepartner und Melanies Freund zu.

Dana hatte während der Vorführung sehr gelitten, weil sie die Musik unsäglich fand. Wenigstens plattelten die Tänzer synchron und professionell, wobei Dana erwachsene Männer mit kurzen Hosen und riesigen Pinseln auf dem Kopf, die sich auf die Beine und Schuhsohlen schlugen, zumindest bemerkenswert fand. Aber dasselbe dachten die Bayernfans wahrscheinlich über Reiter: eigentlich ganz nette Leute mit komischen Anziehsachen. Also übte sie sich in Toleranz und teilte Björn, Erwin und Felix mit, dass sie noch nie bessere Plattler gesehen hätte, was diese sehr freute und nicht gelogen war, denn bisher war Dana derartigen Brauchtumsveranstaltungen immer großräumig aus dem Weg gegangen. Ursels Buffet war wie erwartet hervorragend, und Dana und die Männer stärkten sich ausgiebig.

Wie sich herausstellte, war Erwin Bayer aus Überzeugung. Er verbrachte jeden Urlaub in Bayern, wo die Familie ein Wochenendhaus hatte. Seine Frau und die Kinder teilten diese Vorliebe nicht und mussten jeweils aufwendig überzeugt werden. „Die Kinder wollen ans Meer, keine Ahnung, wer denen solche Flausen in den Kopf setzt." Erwin schüttelte verständnislos den Kopf.

Felix war früher Ski gelaufen und hatte sich in den bayrischen Bergen mit dem Schuhplattler-Virus infiziert, wie er erzählte. Er hatte ohnehin einen Hang zu Verkleidungen, denn auch in der Quadrille war er stilecht als Cowboy gekleidet. Zumindest bis zur ersten Kostümprobe. Kiki meinte das mit den Weihnachtswichtel-Kostümen ernst und jeder, der die Quadrille mitreiten wollte, hatte daraufhin einen überdimensionierten rot-weißen Überzieher für die Reitkappe gekauft und in einen grünen Pullover investiert.

„Rhabarberschnaps? Der ist gesund!" Wie aus dem Boden gewachsen stand plötzlich Ursel mit ihrem Schnapstablett da. Dana redete sich mit ihrer Rhabarber-Allergie raus und brachte das Gespräch auf Hubert. Ursel blieb der Einfachheit halber gleich da und beteiligte sich.

Aktuell war die Meisenwalder Gerüchteküche der Ansicht, Hubert sei unglücklich gestürzt und fertig. Es gab so viele Leute, die ein Tatmotiv und auch die nötige Gelegenheit hatten, dass man allgemein fand, Hubert hätte den Tod verdient und dafür sollte nicht auch noch jemand büßen müssen. Ursel fand das auch. Erwin und Björn schlossen sich an. Nur Dana und Felix wollten der Gerechtigkeit zum Sieg verhelfen.

„Aber warum?", fragte Ursel verständnislos.

„Weil man nicht einfach Leute umbringen darf, darum", erklärte Dana, die jetzt auch keine Lust mehr hatte und nach Hause wollte. Sie suchte sich ihre Jacke von der Garderobe und ging durch die Gaststube nach draußen. Björn begleitete sie, denn er wollte sich aus dem Auto eine andere Hose holen.

„Irgendwann wird einem kalt, da hilft auch die schönste Krachlederne nicht mehr. Ich zieh mir jetzt eine lange Hose an", verkündete er.

Auf dem nachtdunklen Parkplatz regte sich keine Menschenseele. Die Scheiben der geparkten Autos waren schon gefroren und auf den Wagendächern glitzerten Eiskristalle. Dana hatte sich von Björn verabschiedet und wollte zu Fuß nach Hause gehen. Sie hatte den Parkplatz halb überquert und konnte die beleuchtete Straße schon sehen, als sie hinter sich einen erstickten Schrei und Kampfgeräusche hörte. Sie drehte sich um, konnte aber in der Dunkelheit des Parkplatzes nichts erkennen. Vorsichtig näherte sie sich den Geräuschen, die leiser wurden. Sie hörte Schritte, die sich entfernten – gottseidank von ihr weg. Nun war sie nah genug, um auf dem Boden eine Gestalt auszumachen. Dana aktivierte die Taschenlampen-Funktion ihres Smartphones und beugte sich über den liegenden Körper. „Björn! Was ist passiert? Kannst du aufstehen?"

Björn setzte sich mit Danas Hilfe auf und betastete seinen Hals. „Es geht schon wieder, glaube ich."

„Was ist denn das?", sagte Dana und hob ein Stück rote Strohkordel auf.

„Damit wollte mich jemand erwürgen, glaube ich."

***

Später auf dem Petershof, im Zehnerstall

Ich konnte nicht schlafen. Immer und immer wieder zermarterte ich mir das Gehirn über den Nikolausmörder. Dass ich den Täter noch nicht gefunden hatte, zerrte allmählich an meinen Nerven. Und an meiner Aufklärungsquote, wie Else spöttisch bemerkte. Außerdem ließ mich Stuti konsequent links liegen. Ich hätte ja eine neue Freundin, meinte sie nur schnippisch, als ich mich nach dem Grund für ihre Nichtbeachtung erkundigte. Ja toll. Als ob ich mir das ausgesucht hätte, rund um die Uhr von jemand belagert zu werden, der annähernd doppelt so groß und mindestens doppelt so schwer wie ich ist. Ich spreche natürlich von Else. Das ist die mit den vielen Zähnen. Auch Faxe verstand mich nicht, als ich ihm mein Herz ausschüttete. Ich hätte mir doch immer eine Freundin gewünscht und jetzt hätte ich eben eine.

Aber doch nicht so, wandte ich ein. Eine Freundin, das war jemand, der einen auch mal zu Wort kommen ließ. Jemand Romantisches, der einem nicht nachts das restliche Heu klaute, weil derjenige – oder besser diejenige - vor Hunger nicht schlafen konnte und einen bedrohte, wenn man nicht gleich was rausrückte. So jemand war keine Freundin, so jemand war der Schrecken der Stallgasse, vertraute ich Faxe im Flüsterton an. „Wo die Liebe hinfällt", meinte Faxe nur und widmete sich weiter seinem Heu. Ich fand das relativ gefühllos von ihm. Außerdem war ich neidisch, dass er noch was zu essen hatte und ich nicht.

Aber wozu hat man denn einen Assistenten? Ich zitierte den Lutschi zu mir. „Und bring Futter mit!", schärfte ich ihm ein.

Eine halbe Stunde später rappelte er immer noch an seiner Tür und bekam sie nicht auf.

„Eß geht nißt. Blacky wollte mirrr helfen und Außbildung mit mirrr machen, aberrr hatte noch keine Zeit."

„Du verstehst Blacky?" Entgeistert starrte ich ihn an. Anscheinend konnte jeder außer mir mit dem Ausbrecherkönig kommunizieren.

„Si! Und errr macht Außbildung mit mirrr!"

„Nein, du machst eine Ausbildung bei mir", berichtigte ich ihn. „Hör nicht auf den frechen Zwerg!"

„Blacky ßagt interrressante Dinge", rechtfertigte sich das minderjährige Mähnenwunder. „Ssssum Beißpiel, dass derrr Mörder verrrßucht hat, den Chef von deinerrr Chica umßubrrringen."

Welche Chica mochte das sein – doch nicht etwa Else?

Und ihr Chef wäre dann ... „Meinst du Björn?",
erkundigte ich mich.

„Ach Quatsch, kann gar nicht sein." Else hatte ihre
Ohren anscheinend überall.

„Doch, Blacky hat eß geßagt. Aber Björrrn geht es gut.
Allerrr guten Dinge ßind drrrei, hat Blacky noch geßagt.
Das ich habe nißt verrrßtanden."

Ich war elektrisiert. Wer schon mal an den Stromzaun
gekommen ist, weiß, wie ich mich fühlte.

„Also wir haben eine Leiche. Eins. Dann wurde Björn
fast überfahren, das hat er jedenfalls auf der Stallgasse
erzählt. Zwei. Wo ist denn jetzt Nummer Drei?"

„Oooooh, daß weiß ich!" Der Lutschi war ganz
aufgeregt. „Jemand hat verrrßucht, Björrrrn zu
errrrwürrrrgen. In Meisenwald. Mit einerrr ..." hier
musste er sich kurz konzentrieren...
„Ssssstrrrohkorrrdel."

„Ja, das ist ein schwieriges Wort. Gut gemacht", lobte
Else. "Woher weiß Blacky das alles?"

„Verbrecher unter sich", knurrte ich.

„Eine rrrrote Sssstrrrrohkorrrrdel war eß", fiel dem
Lutschi noch ein.

„Die sind alle rot", wandte Else ein. „Das hat nichts zu
bedeuten."

***

Auf Ursels Parkplatz

„Eine rote Strohkordel! Die muss vom Petershof sein.
Die anderen Höfe in der Umgebung benutzen blaue
Strohkordel. Die Peters' sind die Einzigen weit und breit,
die rote Strohkordeln verwenden", erklärte Guntram
sachkundig. Dana hatte sofort Polizei und Feuerwehr
verständigt, und nun standen alle auf dem Parkplatz –

Dana, Guntram, die Besatzung des RTW und Polizei-Azubi Jonas. Und natürlich die Mitglieder des Bayernvereins, jeweils in kurzen Krachledernen oder im Dirndl – zu neugierig, um nach Hause zu gehen und zu dünn angezogen, um es draußen länger auszuhalten.

Jonas tat sein Möglichstes, um die Neugierigen zu verscheuchen, das reichte aber nicht. „Wollmeier und Susanne sind schon unterwegs hierhin", rief ihm Guntram zu. Das wirkte. Nach ihren zahlreichen Verkehrskontrollen hatte sich der schlechte Ruf der beiden schnell herumgesprochen. Ähnlich schnell zerstreuten sich nun auch die Schaulustigen.

Die Sanitäter hatten Björn untersucht und waren unverrichteter Dinge wieder gefahren, weil Björn nicht ins Krankenhaus wollte.

„Aber die Würgemale!", meinte der Notarzt mit vorwurfsvollem Blick.

„Das ist erstmal nur ein roter Streifen. Mir ist ja sonst nichts passiert", wehrte Björn ab.

„Das ist aber schon das zweite Mal, dass es jemand auf dich abgesehen hat, oder?", meinte Guntram. „Erst der Vorfall auf dem Parkplatz und jetzt das. Das kann doch kein Zufall sein."

„Und der tote Nikolaus. Aller guten Dinge…"

„…sind drei", beendete Guntram den Satz.

***

Zurück auf dem Petershof

„Und was soll das jetzt heißen, das mit den drei guten Dingen? Das ist doch vollkommener Blödsinn", muffelte ich. Wenn die Verbrecher ein bisschen mehr Ehrgeiz hätten, wäre alles viel einfacher. Dann würde ich einfach abwarten, wer noch alles umgebracht wird und der letzte, der am Leben ist, ist der Mörder. So einfach! So klar und logisch! Aber mit den Hobby-Verbrechern in Meisenwald ist einfach kein Staat zu machen. Einmal mit Profis arbeiten ... Ich seufzte.

„Das ist doch ganz klar", mischte sich Else in meine Ermittlungen ein. „Der Mörder hat versucht, Björn zu überfahren, was nicht geklappt hat. Dann hat er versucht, ihn zu erwürgen. Was auch nicht geklappt hat."

„Das sind zwei Sachen. Keine drei", wandte ich ein.

„Das ist eine Redensart. Wenn irgendwas beim dritten Versuch klappt, denken die Menschen, das wäre vom Schicksal so vorherbestimmt und müsste so sein", mischte sich Faxe ein, der sich anscheinend auch mit Mythologie und Aberglaube auskannte oder sich sowas sehr schnell ausdenken konnte. Ich tendierte zu letzterem, konnte es aber nicht beweisen.

„Das heißt aber, dass irgendjemand nochmal versuchen wird, Björn umzubringen, oder?", überlegte ich.

„Das sagt jedenfalls Blacky."

Aber ob man sich auf die Aussage eines Kleinkriminellen verlassen kann?

***

Und wieder auf dem Parkplatz

„Hatten Sven und GAULL nicht auch sowas gesagt? Die wollten sich doch im Knast umgehört haben", erinnerte sich Dana. Bei ihrem letzten Besuch in der JVA hatte Kiki berichtet, dass sich ihr Bruder im Dienst der guten Sache umgetan hatte. Sowohl Sven wie auch sein Künstlerfreund GAULL litten nicht sonderlich unter dem Aufenthalt hinter Gittern, weil sie da aufregende Milieustudien treiben konnten (GAULL) beziehungsweise endlich Zeit zum Lesen oder für die schöne Anstaltspsychologin hatten (Sven).

„Ich finde es ja sehr praktisch, dass wir jetzt einen direkten Kontakt zur Unterwelt haben, aber ob man sich auf die Aussage von Kleinkriminellen verlassen kann?", wandte Guntram ein.

„So klein sind die gar nicht", konterte Dana. „Und soooo unkriminell auch nicht. Immerhin hat GAULL eine längere Haftstrafe für die ganzen Kunstdiebstähle abzusitzen. Und Sven ist auch kein Unschuldslamm, was das betrifft."

„Das sind quasi V-Leute", schlug Jonas vor. „Quellen, die uns vertrauliche Informationen aus der JVA beschaffen."

„Wenn man es so formuliert, hört es sich fast seriös an", fand Guntram. „Aber was für Informationen haben wir denn nun? Aller guten Dinge sind drei, das heißt, der Mörder wird es nochmal versuchen."

„Und es ist kein Profi, das hat Sven laut Kiki auch gesagt." Keiner der Täter ist ein Profi. Das sind alles Amateure, war die Botschaft der Experten aus dem Knast gewesen.

„Ja toll, das bringt uns jetzt aber auch nicht so richtig weiter. Björn, welche Gemeinsamkeiten hast du denn mit Hubert? Irgendwas muss es ja sein, weshalb der Mörder euch beide umbringen will."

„Moment mal. Ich bin zwar Bestatter und habe von Berufs wegen viel mit dem Tod zu tun, aber so ganz abgestumpft bin ich auch nicht." Björn war jetzt doch ein bisschen blass um die Nase geworden. Das mochte auch an den Scheinwerfern liegen, die Jonas installiert hatte, um den Tatort besser fotografieren zu können. „Ihr denkt im Ernst, dass derjenige, der es auf Hubert abgesehen hat, auch mich töten will?"

„Ja, und vielleicht ist es derselbe, der alle naselang Taschendiebstähle begeht. Das wäre praktisch. Aber bei meinem Glück sind es zwei Täter. Also doppelter

Aufwand", flachste Guntram, für den es ein langer Tag gewesen war. Im Hintergrund machte Jonas Tatortfotos und betrieb Spurensicherung.

„Ihr habt beide mit Pferden zu tun und seid öfter auf dem Petershof", zählte Dana auf und unterschlug in Huberts Fall das Präteritum, um Björn nicht noch mehr zu beunruhigen. „Das war es aber auch schon an Gemeinsamkeiten."

***

Im Zehnerstall

„Ansonsten sind sich Björn und Hubert so unähnlich, wie man es sich nur vorstellen kann", meinte Else. „Hubert war ein fieser schmalbrüstiger Mensch, der keine Ahnung hatte, wie man mit einer Dame umgeht. Oder überhaupt mit Pferden. Björn dagegen ist nett und souverän. Man fühlt sich gleich wohl in seiner Nähe."

„Er hat brrreite Ssssulterrn", fiel dem Lutschi ein. „Ssssind brrrreite Ssssulterrn gut?"

„Leute mit breiten Schultern sind schwerer als Leute mit schmalen Schultern. Aber die Tante Else ist groß und stark, die wirft sich den Björn einfach über die selbigen und trägt ihn weg", erfüllte ich meinen Bildungsauftrag dem Lutschi gegenüber. Else funkelte mich böse an.

„Welche Verdächtigen gibt es denn, die es sowohl auf Hubert wie auch auf Björn abgesehen haben könnten?", fragte ich die Allgemeinheit. Herrlich, dieses Ermitteln. Das liegt mir einfach im Blut.

„Fenja ist raus. Die ist viel zu zierlich, um sich mit Björn anzulegen", meinte Faxe.

„Björn ist nicht dick", verwahrte sich Else gegen diese Unterstellung. „Genauso wenig wie ich."

Ich zog die Augenbrauen hoch, sagte aber nichts. Dann

hatte ich eine Eingebung. „Lissy war es! Die ist so unauffällig und hält sich so im Hintergrund, das macht sie in meinen Augen zur Hauptverdächtigen." An Konrads Besitzerin hatte ich tatsächlich nicht mehr gedacht. Ich fand, dass sie das mehr als verdächtig machte.

„Willst du jetzt etwa alle Pferdebesitzer verdächtigen?", fragte mich Else spitz.

„Nur die, deren Pferde hier im Zehnerstall stehen."

„Dann fangen wir doch direkt mit Dana und Melanie an", schlug sie vor.

„Die sind raus, die haben ja schließlich die Leiche gefunden."

„Man kann sowas auch schauspielern", schlug Else vor. Ich weiß nicht, woher sie ihre psychologischen Erkenntnisse bezieht, aber das ist ja wohl mal der reinste Blödsinn. Als ob die Frau und Faxes Besitzerin so schlau wären, erst Hubert mit der Mistgabel abzustechen und ihn dann kunstvoll vorzufinden, mit Ohnmacht und allem Pipapo. Ich führte das entsprechend aus und fasste zusammen: „Die sind raus. Noch Vorschläge?"

„Ja, waß ist denn jetßt mit Lißßy?", wollte das minderjährige Mähnenwunder wissen.

„Krieg du erst mal deinen Sprachfehler in den Griff, Assistent!", ordnete ich an. „Also ich finde die verdächtig, weil sie auf den ersten Blick so rein gar nichts mit Hubert oder Björn zu tun hat, sondern sich immer demonstrativ um Konrad kümmert."

Wir sahen zu Konrad hinüber. Unser Totilas für Arme stand in der Box und ging in Gedanken die Schritte für die Quadrille durch. Von unserem Gespräch bekam er nichts mit und das war mir auch ganz recht.

„Eine sehr dünne Argumentation", fand Faxe.

„Dick, dünn – bei euch geht's immer nur um Body-Shaming. Schlimm ist das", zürnte Else.

„Hä?" Ausnahmsweise war ich mir keiner Schuld bewusst.

***

Immer noch auf Ursels Parkplatz

„Immer dieses Herumgehacke auf körperlichen Attributen! Das kommt in mein Mobbing-Tagebuch, warten Sie es nur ab!" Polizeiobermeister Wollmeier hatte Blutdruck.

Guntram sah ihn irritiert an. „Ich fand lediglich ihre Argumentation dünn. Den Rest von Ihnen nicht."

„Hörst du das, Susanne? Hörst du das?" Wollmeier sprang mit hochrotem Kopf auf und ab und suchte Verbündete. Man war immer noch bei Ursel auf dem Parkplatz und hatte Theorien zum Tathergang ausgetauscht. Jonas war inzwischen fertig mit seinen Fotos und hatte alle Spuren gesichert, derer er habhaft werden konnte. Jetzt betrachtete er zweifelnd den Spurensicherungskoffer und überlegte, wie er alles verstaut bekäme.

„Du kannst meinen Leinenbeutel haben. Moment." Dana kramte in ihrer Handtasche.

Susanne ragte kühl wie ein Eisberg über Wollmeier auf und antwortete von oben herab: „Die qualifizierte Bewertung von Theorien sollte man dem Fachmann überlassen. Oder der noch qualifizierteren Fachfrau."

„Und das bist dann du?", wollte Guntram wissen.

„Aber natürlich. Im Gegensatz zu dir lungere ich nicht in Reitställen herum und freunde mich mit Tatverdächtigen an, sondern besuche hochkarätige Fortbildungen. Und wenn du mich jetzt entschuldigen würdest, ich muss eine Beschwerde schreiben. Über dich." Sie lächelte zuckersüß, pfiff kurz nach Wollmeier und startete den Streifenwagen.

Björn war mittlerweile nach Hause gegangen. Er hatte den Wunsch nach Ruhe und häuslicher Abgeschiedenheit geäußert und lag jetzt bestimmt im Bett. Dana war neidisch. Aber andererseits waren sie jetzt endlich ungestört und konnten sich über ihren Fall austauschen, ohne auf individuelle Befindlichkeiten achten zu müssen. Feingefühl war ihr nämlich gänzlich fremd. Außerdem gab es da noch etwas, was sie interessierte.

„Was meinte Frau Bremer damit, dass Sie sich mit Tatverdächtigen anfreunden, Chef?" Jonas sah seinen Vorgesetzten aus großen Hundeaugen an.

„Das wüsste ich aber auch gern." Mit blitzenden Augen baute sich Dana neben dem Azubi auf.

„Ich habe keine Ahnung", wehrte Guntram konfliktscheu ab und wünschte sich nichts sehnlicher als endlich Feierabend machen zu können. „Gucken wir nochmal auf unsere Theorien, ja? Wir hatten uns ja darauf verständigt, dass der Mörder körperlich in der Lage sein muss, zum einen Hubert mit der Mistgabel zu erstechen und zum anderen groß und stark genug, um Björn zu würgen. Außerdem besteht ein enger Bezug zum Petershof. Die Strohkordel stammt daher und Hubert wurde im Zehnerstall umgebracht. Um uns das Leben einfacher zu machen und weil wir irgendeine Systematik haben müssen, nehmen wir uns als erstes die Pferdebesitzer aus dem Zehnerstall vor, ok?"

„Keine Ahnung, was ein Zehnerstall ist, aber Sie haben bestimmt recht, Chef!", teilte Jonas mit.

„Im Zehnerstall sind zehn Boxen, deshalb heißt er so. Dort wohnen Pfridolin und Faxe, Else, Lucero alias Lutschi und öh ..." Hilfesuchend sah Guntram Dana an.

„Peppy, Blondie, Stuti, Donnyboy und Konrad. Eine Box ist leer", zählte Dana auf. „Die Besitzer von Pfridolin, Faxe und Lutschi sind raus. Aus Gründen."

„Die Besitzerin von Donnyboy kommt auch nicht in

Frage, weil sie viel zu zierlich ist. Fenja könnte rein körperlich die Taten gar nicht begangen haben."

„Dann bleiben noch die Besitzer von Peppy, Blondie, Stuti und Konrad." Dana guckte nachdenklich.

„Peppy gehört Felix. Stuti gehörte Sara, ist aber nach deren Tod an Kiki gegangen", wusste Guntram.

„Bleiben noch Blondie und Konrad. Also Erwin und Lissy."

***

Im Zehnerstall

„Rein körperlich könnte Lissy es geschafft haben, erst Hubert umzubringen und sich dann auf Björn zu stürzen. Aber psychologisch macht es wenig Sinn. Frauen neigen eher zu Giftmorden", wusste Faxe.

„Du bringst mich da auf interessante Ideen", meinte Else. „Überlegt es euch gut, ob ihr euch mit einer schwachen Frau anlegen wollt!" Angriffslustig bleckte sie ihr mächtiges Gebiss und tänzelte, dass die Erde bebte.

„Nein, nein", wehrte ich ab.

„Wie wäre es mit Felix?", schlug Faxe vor. „Er ist groß, stark und Schreiner."

„Ja und? Hubert wurde ja nicht mit einer Säge erschlagen", meinte Else.

„Ich wollte damit nur zum Ausdruck bringen, dass Felix es rein körperlich geschafft hätte. Außerdem wollte er auch zu dieser Bayern-Party", äußerte Faxe beleidigt.

„Gutes Argument, das merken wir uns mal. Nächster Vorschlag: Kiki alias Frau Reitlehrerin. Sie mochte Hubert nicht, das weiß ich. Aber soweit ich weiß, hatte sie nichts gegen Björn. Und stark genug ist sie auch." Zufrieden sah ich mich um.

„Sie wäre bestimmt nicht so blöd gewesen, die

verräterische rote Strohkordel zu benutzen. Frauen machen sowas nicht." Else war inzwischen zur Autorität in Sachen Frauenpsychologie aufgestiegen.

„Dann bleibt noch Erwin", fand ich. „Der ist auch groß und stark. Keine Ahnung, wie er Hubert und Björn findet."

„Wirrr frrragen Blondie", schlug mein lispelnder Assistent vor, aber Blondie war im Tiefschlaf und nicht ansprechbar. Also vertagten wir uns auf den nächsten Tag.

Aber am nächsten Tag fiel uns nichts Neues ein. Genausowenig am übernächsten. Das sollte sich erst am vierten Advent ändern. Vorher war aber noch die Weihnachtsfeier im Rathaus.

Freitag 20.12.
Im Adventskalender: Ein Pilz.

Im Rathauskeller

„Heyyyy, hoch die Tassen!" Im Rathauskeller eskalierte die Stimmung. Die gemeinsame Weihnachtsfeier von Stadtverwaltung und Polizei hatte für viel gute Laune gesorgt. Man betrieb eifrig Alkoholmissbrauch und tanzte. Sogar Siggi Wollmeier und Susanne Bremer guckten freundlich aus der Wäsche. Um die Wogen zu glätten, hatte Guntram Wollmeier ein paar Extraschichten Verkehrsüberwachung fahren lassen, was die Laune des cholerischen Polizeiobermeisters stets zuverlässig verbesserte. Für Susanne hatte sich Guntram etwas Besonderes überlegt: Sie hatte er für die Mordermittlungen eingeplant. Es gab so viele Leute, die ein Motiv hatten, Hubert zu töten, dass er mittlerweile über jede Hilfe bei den Vernehmungen froh war. Allerdings hatten die meisten der Befragten ein Alibi.

Wobei Guntram aus dem falschen Alibi von Mike Kampmann gelernt hatte und jede Aussage gesondert überprüfen ließ. Außer neuen Erkenntnissen über menschliche Abgründe hatte das allerdings noch nichts gebracht. Entweder die Meisenwalder hielten zusammen wie Pech und Schwefel – das war anscheinend dann, wenn sie sich gegenseitig Alibis gaben – oder sie brachten sich um. Auch Huberts Ex-Freundin Tanja, die ganz oben auf der Verdächtigenliste gestanden hatte – das war die mit dem geschenkten und zurückgeforderten Pferd – war und blieb zur Tatzeit bei ihrer Mutter. Da konnte Susanne drohen, wie sie wollte, Tanjas Mutter wich nicht von ihrer Aussage ab. Aber wenigstens hatten die ruppigen Verhöre Susanne so viel Spaß gemacht, dass sie die Anschuldigungen gegen Guntram vorerst fallen ließ.

Jonas hatte die Jagd nach dem Seriendieb übernommen und war dabei nicht weitergekommen. Er hatte tagelang in Meisenwalds Einkaufsstraße herumgelungert und dabei nichts Verdächtigeres als ein kleines weißes Pony gesehen, das anscheinend irgendwo entlaufen war und ihm bei der anschließenden Verfolgungsjagd zum wiederholten Mal entwischte. Verrückt. Und jetzt sah er schon wieder so ein weißes Ungetüm – da hinten, am Büffet!

Ursel hatte das Catering übernommen und kam mit ihrem Rhabarberschnaps-Tablett und dem üblichen Singsang vorbei. „Rhabarberschnaps? Der ist gesund! Was ist denn los, min Jung?"

„Ich glaube, ich habe zu viel gearbeitet. Ich sehe überall weiße Ponies!", stöhnte Jonas.

Schnell versteckte Blacky sich hinter dem Büffet. Er würde später nochmal eine Runde drehen und die Handtaschen durchsuchen. Eigentlich wäre er viel lieber zuhause in seiner Box und würde Heu mümmeln. So viel gelaufen wie in der letzten Zeit war er noch nie. Morgens nach Meisenwald, nachmittags nach Hause und ab dann war er der Spielball von Bellas Launen. Heute hatte sie ihn mit fürchterlichen Drohungen wieder zurück in die City geschickt, weil ihr die Ausbeute seines mittäglichen Aufenthalts auf dem Weihnachtsmarkt nicht gereicht hatte. Aber er konnte sich einfach nicht merken, was wertvoller war: Papiergeld oder Münzen. Und ihm war schleierhaft, was Bella damit anfangen wollte. Also war er bei dem geblieben, womit er sich auskannte: Möhren, Äpfel und eine gelegentliche Banane.

„Für dich gibt's erstmal keinen Alkohol mehr", beschloss Ursel. „Was hast du denn da?" Mit ihrer freien Hand zeigte sie auf einen abgenutzten Locher, den Jonas soeben vom umhüllenden Geschenkpapier befreit hatte.

„Einen Locher", antwortete er stirnrunzelnd. „Mein Geschenk beim Schrottwichteln."

„Da hat es aber jemand gut mit dir gemeint. Was hast du denn verschenkt?"

„Eine Rolle Klopapier mit Häkelhülle. Hat mir meine Oma mal gegeben." Ein Freudenschrei am Nachbartisch zeigte an, dass Jonas' Geschenk bei POM Wollmeier in guten Händen war.

„*Last Christmas I gave you my heart*", sang Dana mit. „Komm tanzen!"

Guntram verweigerte sich. Zum einen bekam er Ohrenbluten, wenn er dieses Lied hörte, zum anderen hatte er gerade seinen Teller am Büffet gefüllt.

„Mein Schweinebraten ist besser", stellte Corinna Bensemann fest, die neben ihm saß.

„Das stimmt", gab ihr Herbert Dinkelfuss recht. Danas Kollege hatte sich zur Feier des Tages in einen rot-grünen Weihnachtspullover geworfen. Das war eine schöne Abwechslung zu den zahnbelagfarbenen Pullovern, die er sonst trug.

Auf seiner Stirn klebte ein Zettel mit der Aufschrift „Godzilla", was Dana sehr niedlich fand. Sie spielten Wer bin ich. Dana war schon Benjamin Blümchen, Wladimir Putin und Dracula gewesen. Jetzt war ihr Kollege dran. Der biedere Herbert mit seinem putzigen Pullover musste durch listige Fragen herausfinden, wen er verkörperte und war immerhin schon so weit, dass er tot war. „Bin ich der Nikolaus?"

Das war Guntrams Stichwort. Er hatte mittags einen Anruf aus dem Labor bekommen: Jede Menge Fingerabdrücke, das war klar gewesen. Die untersuchten Plätzchen aus den Präsentbeuteln waren unverdächtig, mit einer Ausnahme: Der Beutel, der vor Blondies Box hing, enthielt Weihnachtsgebäck, das mit Thallium angereichert worden war. Huberts Fingerabdrücke waren auf allen Beuteln, also hatte er sie an den Boxen angebracht. Aber warum wollte er Erwin vergiften? Oder war der Beutel vertauscht worden? Er bedeutete Dana, ihm zu folgen und suchte ein ruhigeres Eckchen im Foyer des Rathauses, wo er sie auf den neuesten Stand brachte.

„Thallium? Das ist doch ein Rattengift, oder?" Danas eifrige Krimilektüre hatte dazu geführt, dass sie sich mit den gängigen Mordmethoden auskannte.

„Ja genau. Und Erwins Beutel war der einzige, in dem vergiftete Plätzchen waren."

„Jetzt wissen wir wenigstens, warum Hubert ein Nikolaus-Kostüm anhatte. So konnte er unverdächtig die Beutelchen an die Boxen hängen. Mit der Kapuze und dem weißen Bart war er ja nicht zu erkennen."

„Stimmt. Was wir noch nicht wissen, ist, warum Hubert Erwin töten wollte. Der ist ja eigentlich ein netter Kerl."

***

Währenddessen im Zehnerstall

„Die gängigsten Mordmotive sind Hass und Geld", belehrte ich meine Mitpferde. Wir konnten alle nicht schlafen, weil Else wieder auf Diät war und ihr knurrender Magen uns wachhielt.

Der Lutschi hatte sich zuvor als sehr nützlich erwiesen, da er sich mit Blacky verständigen konnte und willig übersetzte. Im Gegensatz zu Faxe, der sich erst bitten ließ. Folgendes hatte uns Blacky mitgeteilt: Die Kekse, die in Blondies Nikolausbeutelchen gewesen waren, waren vergiftet. Irgendjemand hatte es demnach auf unseren gemütlichen blonden Kumpel abgesehen.

Blondie musste sich erstmal von dem Schock erholen und schaufelte große Mengen Heu in sich hinein. Um sich zu beruhigen, wie er sagte.

„Blondie hat aber kein Geld", wandte Else ein.

„Und keiner hasst ihn", meinte Stuti. „Vielleicht war ja

Erwin gemeint?"

„Erwin isst doch keine Pferdekekse", widersprach ich. Es entbrannte ein kurzer, heftiger Wortwechsel, in dessen Verlauf sich herausstellte, dass nicht die Pferdekekse, sondern die Menschenkekse vergiftet waren. „Du mußßt an deinerr Außßprrrache arbeiten, chico", meinte der Lutschi tadelnd zu Blacky. Keine Ahnung, was der ihm antwortete. Ich hatte es aufgegeben, ihn verstehen zu wollen.

„Also. Mordmotive. Für den versuchten Mord an Erwin", rief ich die Anwesenden zur Ordnung.

„Scherscheh la famm", sagte Faxe geheimnisvoll. Was meinte er damit nur? Wir sahen uns fragend an.

**

Im Rathauskeller

„Wenn es gar so kniffelig ist, steckt bestimmt eine Frau dahinter", meinte Dana.

„Cherchez la femme.... Hmmm. Ein bewährtes Prinzip, das sich bei der Aufklärung von Mordfällen oft bewährt hat. Oder die gute alte Eifersucht. Ebenfalls ein starkes Mordmotiv", meinte Guntram. „Aber welche Frau kann das sein? Huberts Ex-Freundin?"

„Das werden wir heute Abend nicht herausfinden. Komm, wir gehen zurück zu den anderen."

Das war auch höchste Zeit, denn Herbert versuchte gerade, sich mit jemand zu prügeln, den Dana als Andi Lindemann erkannte, den neuen Referenten des Bürgermeisters. Der Tisch war umgekippt und Herbert brüllte wie ein Stier. Außerdem war irgendwas mit der Musikanlage, denn nun lief *Last Christmas* in Dauerschleife. Corinna hielt ihn zurück. Herberts Gesicht war wutverzerrt. „Fass du noch einmal meine Frau an. Noch ein Mal, dann ist aber was los!", schrie er.

„Ich hab sie gar nicht angefasst", stammelte Andi und sah an sich herunter. Offensichtlich hatte ihm Herbert den Inhalt seines Bierglases aufs Hemd geschüttet.

„Der Andi hat mich gar nicht angefasst, Mausebär. Was ist denn los mit dir?", rief Corinna und festigte ihren Griff um seine Arme.

Aber Mausebär war rationalen Argumenten nicht zugänglich und setzte Andi Lindemann mit lauter Stimme auseinander, was er alles mit ihm täte, wenn er könnte, wie er wollte.

„Endlich kommen Sie", wurden Guntram und Dana vom aufgeregten Lindemann begrüßt. „Ich habe zufällig nach Jahren meine Sandkastenliebe wiedergesehen und da dreht der Kollege hier voll am Rad!" Unnötigerweise wies er auf Herbert, der immer noch den Godzilla-Zettel auf der Stirn trug.

Als erstes trennte Guntram die Streithähne, indem er Lindemann mit sich nach draußen bat. Herbert beruhigte sich, als er den vermeintlichen Nebenbuhler nicht mehr vor den Augen hatte.

Last Christmas I gave you my heart, dröhnte es von drinnen.

„So kenne ich ihn gar nicht", wunderte sich Guntram.

„Ich kenne ihn überhaupt nicht. Ich arbeite erst seit Monatsanfang hier und hatte bisher nur dienstlich das Vergnügen. Und ich muss sagen, das reicht mir auch." Lindemann schüttelte sich. „Weihnachten, das Fest der Liebe. Wer kann denn ahnen, dass Corinna mit so einem Irren zusammen ist!"

But the very next day you gave it away... Die Musik brach ab. Offensichtlich hatte jemand den Stecker gezogen.

***

Im Zehnerstall

„Eifersucht ist ein starkes Mordmotiv. Seit Generationen bewährt und immer wieder gern genommen", dozierte ich. Ich sah auf die gesenkten Köpfe meiner Boxennachbarn, die ihr Heu malmten. „Hört mir zu, dann lernt ihr auch was!" Alle stellten sich taub. Das liebe ich ja an meinem Ermittlerjob. Nicht. Nämlich die Zeugenbefragungen. Außer natürlich, wenn ich attraktive Stuten verhöre. Das könnte ich stundenlang tun. Aber Stuti tat so, als hätte sie mich nicht gehört. Else sah in meine Richtung. Besser als keine, erinnerte ich mich. Ich lächelte ihr cool zu. So geheimagentenmäßig. James Bond ist ein Nichts gegen mich.

„Und auf wen soll Blondie eifersüchtig sein?", fragte Else gelangweilt.

„Nicht Blondie. Und auch nicht Erwin, denn der sollte ja sterben. Vielleicht hatten Hubert und Erwin ja irgendwas, wo Eifersucht im Spiel war."

„Und dann bringen sie sich gegenseitig um? Glaub ich nicht. Und wie passt Björn da rein?"

Das wusste ich auch nicht, wollte das aber nicht zugeben. „Das ermittele ich noch."

„Vielleicht war es ganz anders und Hubert hat Erwin gehasst. Vielleicht hatten die mal Streit um Geld oder was weiß ich, weshalb man Erwin hassen kann."

„Erwin ist nett, der hat mit niemand Streit", warf Blondie von schräg gegenüber ein, und der musste es ja wissen.

„Dann wollte ihn Hubert halt einfach so umbringen. Oder er hat sich geirrt und die Plätzchen waren für jemand anderen bestimmt", entwickelte ich eine neue Theorie. Himmelherrgott, so einen verzwickten Fall hatte ich noch nie.

22.12. Sonntag, 4. Advent.
Im Adventskalender: Ein Haus.

Auf der Stallgasse des Petershofs

„Geh mir weg mit deinem Wichtelkostüm", Felix wich rückwärts aus in Faxes Box.

„Es ist *dein* Wichtelkostüm, du süßer kleiner Weihnachtself", antwortete Melanie und überreichte ihrem widerstrebenden Freund einen grünen Pullover und einen rot-weißen Überzug für die Reitkappe.

„Ich bin Westernreiter, ich ziehe sowas nicht an", protestierte Felix.

„Heute ist Kostümprobe, da führt kein Weg am Weihnachtswichtel vorbei", bemerkte Dana. „Also ich finde, dass es mir steht." Stolz drehte sie etwas, was sie für eine anmutige Pirouette hielt.

„Du kannst ja alles tragen. Sieht alles furchtbar aus", stichelte Melanie, die ihren grünen Pullover auch schon übergezogen hatte. Dana streckte ihr die Zunge heraus.

Felix wusste, wann er sich geschlagen geben musste. Mit langem Gesicht schlüpfte er in den grünen Überzieher.

„Sehr … ah … grün", kommentierte er.

Melanie reichte ihm den rot-weißen Überzug für die Reitkappe.

„Damit sehe ich doch aus wie ein Volldepp", bemerkte Felix undankbar.

„Hier regt sich kein Widerspruch", konterte Melanie. „Freu dich lieber, dass ich dir helfe. Und komm endlich aus Faxes Box raus. Du regst ihn nur auf." Faxe blinzelte verschlafen. „Und nachher vergisst er noch seine Quadrillen-Moves."

Das wäre natürlich der Ober-GAU. Ein dicker Tinker,

der seine Quadrillen-Moves vergisst und uns alle in den Abgrund der Peinlichkeit reißt. Ich schnaubte verächtlich.

„Weißt DU deine Moves denn noch, Alter?", fragte mich Faxe.

„Für sowas habe ich meine Reiterin", antwortete ich und wir lachten beide.

„Seid ihr alle bereit für die Kostümprobe?", fragte Kiki und sah sich suchend auf der Stallgasse um.

„Huch, ist heute Kostümprobe? Das wusste ich nicht", rief Erwin von ganz hinten.

Kiki wechselte die Gesichtsfarbe.

„Nur Spaß", beruhigte Erwin und führte sein todschickes Wichtel-Outfit vor. „Ich hab's aber wirklich vergessen. Inge hat mir die Sachen gerade gebracht", ergänzte er. Erwins Frau winkte schüchtern. Die Kinder waren nicht zu sehen.

Aus der Reithalle dröhnten die Klänge von *Last Christmas*. „Immer diese englischen Lieder. Das ist doch furchtbar", beschwerte sich Erwin, den die Nähe seiner Frau anscheinend besonders redselig machte.

„Zu *Sti-hille Nacht* kann man aber nicht gut reiten", widersprach Kiki und damit war auch das geklärt.

„Kommt ihr mit?" Sie drehte sich um und ging in die Reithalle.

„Hoffentlich verreitet sich heute keiner. Ich bin auf Diät und hab noch nicht gefrühstückt", murmelte Dana.

Um die Disziplin hochzuhalten, hatte Kiki eingeführt, dass beim Verreiten eine Runde gegeben werden musste. Im Interesse der Verkehrssicherheit und weil Reiter, genau wie ihre Pferde, anscheinend immer Hunger haben, konnte man sich auch durch Kuchen freikaufen.

„Unglückliche Kombi. Entweder du bist sofort betrunken oder du isst so viel Kuchen, dass du deine Diät vergessen kannst", fand Melanie, die hinter ihr ging.

Ich hielt mich da raus, denn die Frau war so oder so ein schwieriger Passagier, der meistens schwer war und genauso häufig etwas an meiner Leistung auszusetzen hatte. Man hat mir schon mehrfach vorgeworfen, ich würde meine Gefühle zu wenig zeigen. Ich beschloss, dass heute der Tag war, an dem ich der Welt meine empfindsame und sensible Seite zeigen wollte. Dazu passte es ganz gut, dass die Musik von *Last Christmas* zu *Jingle Bells* gewechselt hatte. Das ist das Lied, bei dem in der Quadrille traditionell am meisten schief geht. Meine Theorie ist ja, dass es an diesem furchtbaren Glöckchengeklimper liegt, von dem ich schon unter günstigeren Umständen nervöse Zuckungen kriege. Ich legte die Ohren zurück und giftete die Welt an.

„Du Armer, haben sie dich vom Essen weggeholt? Sieht man dir gar nicht an." Das war Else. Ganz zuckersüß.

„Das sind Bauchmuskeln. Sowas kennst du nicht, gell?" Zuckersüß konnte ich auch. „Und außerdem bin ich genervt."

„Hat mein armer hungriger Schatz den Mörder immer noch nicht gefangen?"

„Nein, hat er nicht. Aber vielleicht wechselt er die Seite und wird selbst zum Mörder."

„Das mag ich so an dir, diese empfindsame Künstlerseele", gurrte Else. Ich wollte schon einknicken und nett zu ihr sein, als ich merkte, dass sie gar nicht mit mir sprach, sondern mit Companero, der seinen Ruhrpottslang insgeheim weiterhin kultiviert hatte, um sich vom Lutschi abzuheben.

„Ach Perle, wenn ich dich so ankucken tu, krich ich Sternkes inne Augen", sagte er und zwinkerte ihr zu.

„Es ist so schön, wenn man sich als Frau und als Pferd verstanden fühlt", säuselte Else.

„Das heißt Stute", murmelte ich verdrossen, aber keiner hörte zu. Damit sich meine empfindsame Ermittlerseele auch mal verstanden fühlte, schnappte ich nach Konrad, der mir gerade mit seinem muskulösen Hinterteil im Gesicht rumwackelte. Konrad schoss nach vorne und sorgte dort für eine gewisse Unordnung.

„Du nervst, du Tuppes", kommentierte Companero das Geschehen.

„Ihr nervt mich alle", erwiderte ich, worauf mir Dana energisch ins Gewissen redete und damit drohte, mich zusammen mit den Minishetties in einen Offenstall zu sperren. Sie hatte wohl mitbekommen, dass Bella die heimliche Herrscherin des Petershofs war und mit eiserner Faust regierte, weshalb ich gehörigen Respekt vor ihr hatte. Wie kann jemand so hartherzig sein und gleichzeitig Augen wie ein Reh haben? Ich seufzte und fügte mich in mein Schicksal.

„Im Mittelschritt auf der rechten Hand Abteilung bilden, Anfang Peppy!", kommandierte Kiki, was Felix mit einem „Anfang hier!" erwiderte. Zu Kikis bleibender Überraschung hatten sich alle in ihren Weihnachts-Dress geworfen und sahen nun einheitlich schlimm aus, was wohl das Wesen einer Quadrille ausmacht. Wir reihten uns nach Kikis Aufforderung in die Abteilung ein und hörten erstmal *All I want for Christmas is you*, während wir uns umkreisten, nebeneinanderher liefen und all die Dinge taten, die wir in den letzten Wochen bis zur Besinnungslosigkeit geübt hatten. Es gab keine größeren Unfälle, also so weit, so gut.

Mutter Peters hatte bei der Deko alles gegeben. Reithalle und Reiterstübchen waren bis zur Unkenntlichkeit mit Tannenzweigen, Christbaumkugeln und Lichterketten geschmückt. Das war gut, weil die bereits vorhandenen Tannenzweige auf mysteriöse Art immer kürzer geworden waren. Und weniger. Dankbar naschte ich im Vorbeigehen ein Tannenzweiglein, was mir einen strafenden Blick von Kiki alias Frau Reitlehrerin einbrachte. Pferde sind

Dauerfresser, die müssen permanent Nahrung haben. Ich konnte also gar nichts dafür und guckte beleidigt zurück.

Plötzlich steuerte Else die Hallenmitte an, obwohl das so nicht im Programm vorgesehen war. Björn parierte durch und saß ab. Kiki winkte und die Musik brach ab. Björn und Kiki sprachen miteinander.

„Oje, was ist denn da passiert?", fragte Dana, konnte aber wegen der Entfernung nicht hören, was gesagt wurde.

Björn führte Else hinaus und Kiki machte eine Durchsage: „Else hat sich wahrscheinlich vertreten. Sie geht nicht ganz klar und Björn möchte sie schonen. Deshalb wird Melanie mit Faxe Björns und Elses Platz einnehmen."

Und ich dachte, Faxe wäre als Maskottchen eingeplant gewesen. Bisher war er als einzelnes letztes Pferd mitgelaufen, was lustig aussah und auch irgendwie mitleiderregend. Und nun stellte sich heraus, dass das alles Teil eines großen Plans gewesen war. Kiki hatte es echt drauf. Ich nickte nachdenklich. Hoffentlich war sie nicht die Mörderin. Ihr würde ich nie draufkommen. Ob das dieses *Scherscheh la famm* war, von dem Faxe gesprochen hatte? Aber zurück zu Faxe: Er war eingearbeitet, kannte alle entscheidenden Moves und war selbständig neben Companero vorgerückt. Jetzt bestand die Quadrille aus vier Paaren: Peppy und Ginger vorn, danach Blondie und ich, hinter uns Donnyboy und Konrad und als Schlusslicht Companero und Faxe. Companero freute sich mehr so innerlich.

„Hömma Kumpel, dafür geb ich mir nich solche Mühe, die Schnecke anzugraben, dat du getz neben mir herlatschtst und meine Perle allein inne Box steht", beklagte er sich.

Perle? Schnecke? Wen meinte er nur? Doch nicht etwa Else, die unfassbar große und schwere Stute mit Hufen wie Bratpfannen, die es auf so beängstigende Art auf mich abgesehen hatte? Ich schüttelte mich. Companero war nur eine Handbreit größer als Faxe und auch eher barock gebaut, die beiden waren optisch also das hübschere Pärchen, was ich den beiden auch umgehend mitteilte. Leider oder zum Glück kamen wir nicht dazu, das weiter auszudiskutieren, denn die Musik setzte wieder ein und wir kamen erneut in den Genuss von *Jingle Bells*.

Allmählich bekam ich Synapsenklappern. Das dauernde Gebimmel und der Weihnachts-Spezial-Dress, den alle trugen, denn es war ja „*Kostümprobe – wehe, einer erscheint ohne!*" taten ein Übriges. Aus einer Laune heraus zwickte ich Blondie, der behäbig neben mir herschnaufte, und gab Fersengeld, bevor er sich wehren konnte. Eins kam zum anderen und als sich das Chaos wieder lichtete, war die gute Nachricht, dass keiner von uns seinen Reiter verloren hatte. Denn dann wäre bestimmt der schöne Weihnachtspulli schmutzig geworden und ob der noch rechtzeitig zur Aufführung am ersten Weihnachtstag sauber und vor allem trocken geworden wäre, wäre ja sehr fraglich. Um solche Themen drehten sich neuerdings die Unterhaltungen des reitenden Personals.

Die schlechte Nachricht war, dass wir die letzten Teile des Programms nochmal durchgehen mussten, inklusive Bimmel-Bammel-Musik und der nervigsten aller Quadrillen-Figuren, der Mühle. Das muss man sich so ähnlich vorstellen wie ein Kinderkarussell: alle laufen im Kreis, die Pferde innen gehen Schritt und die ganz außen nach Möglichkeit Galopp, was auch gleichzeitig der Idealfall ist. Dabei bleiben - ebenso im Idealfall - die Pferdeköpfe auf einer Höhe. Bei uns gehen die äußeren Pferde Trab und damit ist auch schon alles gesagt, was man über diese Quadrille wissen muss.

„Sorry wegen vorhin. Ich weiß gar nicht, was der Pfridolin auf einmal hatte", entschuldigte sich Dana bei Erwin. Aber der hörte gar nicht zu, sondern starrte ins Reiterstübchen, wo ihm seine Frau zuwinkte. Björn stand neben ihr und winkte zurück. „Björn ist echt nett", sagte sie versonnen. „Oh, ah, Achtung!"

Mit einem Mal waren die Minishetties in der Halle. Zum Glück waren wir mit dem Quadrillen-Programm einmal durch und Kiki winkte ihrer Mutter im Stübchen zu, dass sie die Musik abstellen könnte.

Herrlich, diese Ruhe und der Frieden auf dem Land, dachte ich, als das Weihnachtsgeschepper endlich aufhörte und man nur noch vereinzelte Flüche hörte, weil sich Blacky und Bella partout nicht einfangen lassen wollten.

Irgendwer kam dann auf die Idee, die Zwerge mit Hilfe von Möhren anzulocken. „Aber müssen es ausgerechnet meine sein? Ich bin eh so dünn", schmollte Blondie.

Da hatte ich eine Eingebung, die später zur Lösung des Falles führte.

23.12. Montag.
Im Adventskalender: Ein Eichhörnchen.

In Meisenwald, auf dem Weihnachtsmarkt

„Und deshalb denke ich, dass er es war. Und sein Mordmotiv ist Eifersucht!" Dana sah Guntram aufgeregt an.

Der dachte nach. In Gedanken schob er alle Puzzleteile des Falls dreimal vor und zurück, bevor er nickte. „Plausibel ist es. Auch von den Abläufen her passt es. Wir haben nur keine vernünftigen Beweise. Die Fingerabdrücke und DNA-Spuren, die er hinterlassen hat, nimmt uns jeder Anwalt sofort auseinander, weil er ja jedes Recht dazu hatte, sich dort aufzuhalten, wo er sich aufgehalten hat. Ich nehme ihn mir noch einmal vor, vielleicht verplappert er sich ja."

Dana und Guntram machten einen Spaziergang über den Weihnachtsmarkt, als Dana plötzlich eine Eingebung hatte. Mit einem Mal war ihr sonnenklar, wer der Mörder war und vor allem, warum er getan hatte, was er tat. Sofort setzte sie Guntram ihre Theorie auseinander.

„Ja oder? Es kann ja gar nicht anders gewesen sein. Jetzt lass uns aber über was anderes reden, der halbe Stall ist hier und kauft Last Minute-Geschenke ein. Nicht, dass er noch gewarnt wird", schlug Dana vor, die sehr stolz auf sich war, denn erstens hatte sie schon am Tag vor Heiligabend alle Weihnachtsgeschenke zusammen, was für sie ein persönlicher Rekord war, und zweitens hatte sie eine sehr kluge Theorie über die Identität des Mörders.

Ein gutes Argument, fand Guntram. Sie hatten schon Melanie und Felix gesehen und waren außerdem an Björn und Lissy vorbeigekommen. „Meinst du, die beiden sind ein Paar?", hatte Guntram gefragt. „Ihre Pferde können ja gut miteinander, das verbindet", hatte Dana geantwortet. In diesem Moment fielen die fehlenden Puzzle-Teile in ihrem Kopf ineinander und sie wusste, wer der Mörder war.

***

„Erwin! Bleib stehen, es hat doch keinen Sinn!" Atemlos keuchte Guntram hinter Erwin her, der sofort die Flucht ergriffen hatte, als ihn Guntram an der Glühweinbude um ein Gespräch gebeten hatte.

„Ihr kriegt mich niemals!", brüllte Erwin und rannte weiter, wobei er geschickt Haken schlug und den anderen Besuchern des Weihnachtsmarkts auswich. Dana war froh, dass sie flache Schuhe trug. So konnte sie wenigstens halbwegs mit Guntram mithalten. Hinter ihr liefen Melanie und Felix, die von Guntram kurz instruiert worden waren und bei der Verfolgung halfen.

„Ich kann nicht mehr", japste Melanie.

„Frag mich mal", knurrte Dana und versuchte, einen gleichbleibenden Abstand zu Guntram beizubehalten. Erwin war so oft links und rechts abgebogen, dass ihr der Kopf schwirrte. Einmal hatten sie mehrere Runden um die Würstchenbude gedreht, bis Erwin wieder die Richtung gewechselt hatte und hinter dem Plätzchenstand verschwunden war.

„Verteilt euch und schneidet ihm den Weg ab!", kommandierte Guntram und rief „Zugriff!", als Erwin hinter dem Plätzchenstand wieder zum Vorschein kam.

Dana und Melanie liefen nach links, Felix und Guntram umkreisten den Plätzchenstand von rechts.

„Vorsicht! Da kommt er!", warnte Melanie, aber da war es auch schon zu spät.

Blöd, da hatten sie sich so viele Gedanken darüber

gemacht, wer der Mörder war, da hätten sie sich vielleicht auch mal überlegen sollen, wie man ihn einfängt, dachte Dana, als Erwin drohend vor ihr aufragte und sie einfach über den Haufen rannte. Aua. Melanie half ihr auf. Wo war Erwin jetzt hin? Sie sah sich suchend um.

„Den kriegen wir nie", klagte Melanie und Dana gab ihr recht.

„Aua! Verdammtes Mistvieh!" Erwin rieb sich die Schienbeine. Blacky, der wie so oft sein Unwesen auf dem Weihnachtsmarkt trieb, war ihm aus einer Laune heraus vor die Füße gelaufen und Erwin war über ihn gestolpert. Guntram schnaufte herbei und legte ihm die Handschellen an, die er glücklicherweise immer bei sich trug.

Blacky sah sich um, stellte fest, dass ihn niemand mehr beachtete und trat entspannt den Heimweg an. Er war versehentlich am Vorabend in der Plätzchenbude eingeschlossen worden, als er nach der Quadrille noch einen abendlichen Spaziergang durch Meisenwald gemacht hatte. Bella wollte er aber erzählen, dass das Teil eines listigen Plans gewesen sei. Seine Freundin zeigte nämlich im Allgemeinen wenig Verständnis für Missgeschicke.

Blacky hatte sich dort eingeschlichen, um in Ruhe zu vespern und auch, weil ebenjene Bella ihn dazu genötigt hatte. Schlösser knacken sei nun mal die Königsdisziplin, das müsse er hinkriegen, hatte sie gesagt und dabei sehr böse geguckt. Blacky hatte zwar immer mit seinen Einbrüchen und Diebstählen geprahlt, verfügte aber in Wirklichkeit über wesentlich weniger kriminelle Energie als allgemein angenommen wurde. Tatsächlich war er bisher nur durch eine entsprechende glückliche Fügung dorthin gelangt, wo er jeweils sein wollte.

So auch beim Plätzchenstand: Mariella und Luisa, die Betreiberinnen, hatten die Tür der Hütte nachlässigerweise nur angelehnt, so dass Blacky leicht ins Innere gekommen war, denn die Tür öffnete sich praktischerweise nach innen. Heraus konnte er nicht mehr, denn da hätte er ziehen müssen und darauf war seine Feinmotorik nicht ausgelegt. So kam es, dass Blacky erst vermisst gemeldet wurde (das kam häufig vor) und dann ein Einbruch in eine Weihnachtsmarkthütte angezeigt wurde. Welcher Zusammenhang zwischen diesen beiden Meldungen bestand, wurde nie so recht deutlich. Blacky wollte auch eigentlich nicht befreit werden, aber andererseits waren die Plätzchen alle und er hatte einen trockenen Hals. Also spazierte er aus der Hütte heraus, sobald Mariella und Luisa die Tür öffneten, die Unordnung sahen und erstmal telefonisch den Einbruch anzeigten, wozu Mariella eine Stelle finden musste, wo ihr Handy Empfang hatte. Luisa eilte währenddessen nach Hause, um den Plätzchenvorrat aufzufüllen. Blacky entkam ungesehen und machte sich auf die Suche nach einem erfrischenden Trank, wobei er Erwin in die Quere kam.

***

Später im Verhörzimmer

„Und stell dir vor, der Idiot sammelt auch Hummelfiguren und will mir meine Frau ausspannen!" Wütend saß Erwin Guntram im Verhörzimmer gegenüber.

„Hummelfiguren? Figuren von Insekten?" Guntram war überfordert.

„Ganz putzig sind die. Das sind Figuren von kleinen Kindern, die niedliche Dinge tun." POM Wollmeier kannte sich aus. Die machen keinen Krach und sind deshalb die einzigen Kinder, die ich mag, fügte er in Gedanken hinzu. Jonas hatte einen Termin an der Fachhochschule, weshalb Wollmeier heute für das Protokoll zuständig war.

„Also Hubert sammelte Hummelfiguren und wollte dir deine Frau ausspannen?"

„Nein, Hubert wollte mir Inge ausspannen, weil er ein jüdisches Arschloch war", korrigierte Erwin.

„Er war Israeli?" Guntram sah ihn verwirrt an.

„Nein, er war ein Arschloch. Juden und Ausländer sind auch Arschlöcher, das ist alles dasselbe", ereiferte sich Erwin. „Und dass ich hier festgehalten werde, ist eine Unverschämtheit sondergleichen. Du bist doch nur bei der Deutschland GmbH angestellt, du hast mir gar nichts zu sagen. Die komischen Gesetze, die sich unsere ausländischen Besetzer ausgedacht haben, gelten für mich nicht, weil die gegen die Haager Landkriegsordnung verstoßen. Hörst du? Alles illegal, was dein komischer Staat hier treibt! Es gibt ja noch nicht mal einen Friedensvertrag!"

Es war nicht zu fassen. Erwin war ein Reichsbürger und glaubte anscheinend an das, was er sagte. Guntram vergewisserte sich: „Bist du ein Nazi?"

„Ich bin ein anständiger Deutscher, der gegen diese ganzen Ausländer ist. Und vor allem bin ich einer, der sich diese Unterdrückung von uns Deutschen nicht mehr gefallen lässt!" Erwin war zornrot geworden und sonderte beim Schreien Speicheltröpfchen ab.

„Du hast dich aber gut getarnt. Wenn du Hubert nicht umgebracht hättest und es nicht noch auf Björn abgesehen hättest, wären wir nie darauf gekommen, dass du ein Mörder bist und ein Doppelleben führst."

„Da kannst du mal sehen, wie unfähig ihr seid mit eurem Unrechtsstaat." Erwin sah ihn böse an. „Man kann ja hier nicht mehr offen seine Meinung sagen, soweit ist es schon gekommen!"

„Man kann seine Meinung sagen, solange man dabei niemanden beleidigt oder rassistische Vorurteile äußert", informierte ihn Guntram. „Im Übrigen ist Deutschland seit dem Inkrafttreten des Deutschlandvertrages vor fast siebzig Jahren nicht mehr besetzt und hat nach der

Wiedervereinigung mit den Siegermächten aus dem zweiten Weltkrieg den Zwei-plus-Vier-Vertrag geschlossen, wonach es ein souveräner Staat ist. Ach, und eine Friedenserklärung ist der auch, dieser Vertrag." Guntram hatte sich immer für Geschichte interessiert. Das war doch mal ein nützliches Hobby, fand er.

„Von wegen Frieden! Hier macht doch jeder, was er will! Guck dir Hubert an, der mir meine Frau wegnehmen wollte! Aber dem hab ich gezeigt, wo der Hammer hängt. Und rassistische Vorurteile hab ich auch nicht, das sind Erfahrungswerte!", ereiferte sich Erwin.

Da möchte ich doch mal gerne wissen, wo du diese Erfahrungen gesammelt haben willst, dachte Guntram. In Meisenwald und Umgebung gab es bis auf die japanischen Touristen im Winterhalbjahr wenig Ausländer.

„Und schließlich musste ich mich verteidigen, so war das nämlich. Hubert hat mich förmlich dazu gezwungen, es ist also allein seine Schuld, dass er jetzt tot ist. Er hat mir damit gedroht, dass er mir Inge wegnehmen kann. Einfach so", er schnippte mit den Fingern.

„Und was hat Inge dazu gesagt?"

„Die hab ich gar nicht gefragt", erwiderte Erwin verdutzt. „Hubert hat Blondie die Hufe gemacht und sich mit mir unterhalten. Und dann kamen wir von Blondie auf Eva und Addi und dann sagte er mir, er wüsste, wie ich ticke und dass man so einem wie mir das Handwerk legen müsste."

„Was haben jetzt deine Kinder damit zu tun?"

„Adolf und Eva", erklärte Erwin.

„Ah." Jetzt begriff Guntram.

„Und das Nächste, was ich weiß, ist, dass ich Hubert in diesem albernen Nikolauskostüm sehe und er mir sagt, dass er sich schon auf Inge freut. Was für ein hübscher kleiner Käfer sie doch wäre und dass er es prima findet, dass sie so lieb und ordentlich ist. So jemand könnte er gut zuhause brauchen. Er hätte es ja raus, wie das mit den Frauen funktioniert, er müsste nur mit den Fingern schnipsen und schon hätte er meine Inge. Ich würde sowieso bald in den Knast wandern, mit meinen Nazi-Ideen. Wenn mir nicht vorher was Schlimmeres passieren würde. Und da ist mir der Kragen geplatzt und ich hab mir die Silogabel genommen. Ich bin nämlich kein Nazi, ich bin einfach nur ein guter Deutscher." Treuherzig sah er Guntram an. Der musste sich schütteln. Nie hätte er gedacht, dass sich hinter Erwins sympathischer Fassade ein solcher Psychopath verbarg.

„Wusstest du eigentlich, dass Hubert dich vergiften wollte?" Hubert hatte anscheinend eine Schwäche für Rattengift gehabt. In seinem Keller hatten sie welches gefunden, und sein Nachbar, mit dem er zeit seines Lebens auf Kriegsfuß gestanden hatte, hatte ihn verdächtigt, ihm im letzten Jahr den Hund vergiftet zu haben.

Erwin schüttelte den Kopf. „Da hab ich ja nochmal Glück gehabt. Und dann kommt Björn und fängt mit diesen beknackten Hummel-Figuren an und freundet sich mit Inge an, von wegen gemeinsames Hobby und so. Nicht mit mir!"

Björn hatte betont, ihm sei es nur um den Austausch unter Sammlern gegangen und die Freundschaft mit Ina, wie sie ja tatsächlich hieß, sei rein platonisch gewesen. Guntram war erschüttert. So viel Gewalt, weil Erwin den Kontakt zur Realität verloren hatte. Er musste seine Inge sehr lieben. Beziehungsweise Ina.

Dienstag, 24.12.
Im Adventskalender: Ein Weihnachtsmann

Bei Dana und Guntram zuhause

„Und eigentlich heißt sie Ina, stell dir das mal vor." Guntram und Dana schmückten gemeinsam den Weihnachtsbaum. Dana hatte Kartons und noch mehr Kartons mit Christbaumschmuck, wie Guntram erstaunt feststellte. Eigentlich war die Wohnung bereits mit Weihnachtsdeko gesättigt und es gab keinen Zentimeter freie Fläche mehr, die man hätte schmücken können. Aber andererseits und zum Glück für Dana eröffnete der Christbaum, für den sich nach dem Verrücken des Sofas ein Platz gefunden hatte, neue Anbringungsmöglichkeiten für Dies und Das. Dies und Das war überwiegend zerbrechlich und teuer.

Bang betrachtete Guntram die Christbaumkugeln, Engel und Glocken, die in der warmen Heizungsluft leise umeinandertanzten und dabei fast unhörbar klirrten. „Bist du sicher, dass du echte Kerzen willst?"

„Natürlich bin ich sicher!", erwiderte Dana empört. „Und wieso heißt sie Ina und nicht Inge? Sowieso verrückt, das Ganze."

„Erwin fand halt Inge schöner und deutscher."

„Der hat doch einen Sockenschuss! Die arme Frau. Stell dir vor, du bist mit einem Irren verheiratet, der dir einen anderen Namen verpasst und seine Kinder und das Pferd nach Adolf Hitler und seinem Anhang benennt!"

„Ich dachte, Blondie heißt Blondie, weil er blond ist", verteidigte sich Guntram.

„Blondie heißt so, weil Hitlers Schäferhund Blondi hieß, da bin ich sicher", bürstete ihn Dana ab.

„Und warum bist du dann nicht eher darauf gekommen,

wie er tickt?", fragte Guntram.

„Weil ich mir ehrlich gesagt keine Gedanken über Erwin gemacht habe. Blondie ist blond, stimmt, und die Kinder waren so selten im Stall, dass ich ehrlich gesagt gar nicht wusste, wie die heißen. Und über Politik oder Ausländer haben wir nie gesprochen."

„Trotzdem komisch, wie jemand so ein Doppelleben führen kann", sinnierte Guntram.

„Ob Inge wirklich so ahnungslos ist, wie sie tut?", überlegte Dana.

„Lass uns sie doch Ina nennen, denn so heißt sie. Ina ist völlig verschüchtert und eine liebe, kritikunfähige Person. Für Erwin wie ein Sechser im Lotto, denn zu allem Überfluss ist sie hübsch. Kein Wunder, dass er Angst hatte, dass ihm jemand die Frau ausspannen könnte. Eine wie Ina würde er nie wieder finden, das war ihm klar. Lametta?"

„Lieber nicht", lehnte Dana ab.

„Früher war mehr Lametta", merkte Guntram klagend an.

„Früher war vieles schlechter", lachte Dana. „Und dann hat sich Hubert in den Kopf gesetzt, Erwin zu vergiften? Warum denn das?"

„Hubert war einfach ein schlechter Mensch, ich glaube, so einfach ist das. Völlig skrupellos. Der ging quasi über Leichen, wenn ihm danach war. Anscheinend war er scharf auf Ina, also musste er ihren Mann loswerden. Und mit Gift kannte er sich aus, das behauptet jedenfalls sein Nachbar, dem er mal den Hund vergiftet haben soll. Er hat ja sonst auch gemacht, was er wollte – siehe seine Ex mit dem Pferd."

„Und siehe die Geschichte mit den Kindern, mit denen er die arme Tanja von jetzt auf gleich hat sitzenlassen. Und nie einen Cent gezahlt", ergänzte Dana.

„Ein richtiger Schweinepriester. Und dann hat er versucht, Björn umzubringen, weil der sich ein paar Mal mit Ina unterhalten hat. Und im Stall und eigentlich überall hat er so getan, als wäre er ein netter Kerl. Der nette Erwin von nebenan."

„Schon komisch", fand Dana.

„Man kann den Leuten eben immer nur bis vor den Kopf gucken", fasste Guntram den Fall zusammen.

„Den Seriendieb habt ihr aber immer noch nicht, oder?"

„Nein, aber ich habe eine Theorie."

Aber Dana hatte gar nicht zugehört und war ans Fenster getreten. „Oh, guck doch mal!" Strahlend drehte sie sich zu Guntram um. Hinter ihr rieselten Schneeflocken wie Puderzucker und deckten Meisenwald sanft zu. „Ist das nicht wunderschön?"

Das war es wirklich. *Schnee an Weihnachten hat etwas Magisches*, dachte Guntram. Arm in Arm standen Dana und Guntram da und sahen beglückt zu, wie sich Meisenwald allmählich in eine Winterlandschaft verwandelte. Dana kuschelte sich an Guntram und beide betrachteten das Zauberbild. „Und morgen gibt's die Quadrille und alles wird ganz wunderbar", dachte Dana laut.

Dein Wort in Gottes Ohr, dachte Guntram, aber leise.

Mittwoch, der 25.12.

Auf dem Petershof

Und das wurde es tatsächlich. Also ganz wunderbar. Die Quadrille war ein voller Erfolg. Else war zum Glück wieder gesund, so dass Björn und Else Erwin und Blondie vertreten konnten. Erwin war in U-Haft und konnte verständlicherweise nicht teilnehmen. Keiner weinte ihm eine Träne nach.

So waren es dank Kikis vorausschauender Planung genau vier Paare, die wunderbar symmetrisch aufeinander zu, voneinander weg und nebeneinander her gingen, und das in allen Gangarten und passend zur Musik. Die Reiterinnen und Reiter trugen einheitliche grüne Pullover und hatten ihre Reitkappen mit rot-weißen Überziehern verschönert, und alle Pferde waren - passend zu den weißen Reithosen - adrett weiß einbandagiert.

„Schick, oder?", sagte Faxe, der sich nachdenklich seine Beine angeguckt hatte.

„Hammer!", fand ich. Wobei ich natürlich derjenige mit den schönsten Beinen war. Aber das wollte ich Faxe nicht sagen. Es reichte ja, dass er es sehen konnte. Er vertrat Blondie und lief passgenau neben mir her. Das war auch schön für Dana, die sich so moralische Unterstützung bei Faxes Reiterin Melanie holen konnte.

Dana hatte von Guntram neue Reitstiefel bekommen, in denen sie nicht laufen konnte. „Sind ja auch Reitstiefel und keine Laufstiefel", fand sie. Sie revanchierte sich bei Guntram mit einem Gutschein von Egolf, dem großen Reitsportgeschäft im Nachbarort.

„Kein Wunder, dass du dieses Jahr deine Weihnachtsgeschenke so schnell zusammen hattest", meinte Melanie, die von Dana ebenfalls einen Gutschein bekommen hatte.

Ina war auch zur Quadrille gekommen. Ihre Kinder waren ohnehin pferdeverrückt und so langsam traute sie sich mit Björns Unterstützung auch an Blondie heran. Der Schwarzwälder Fuchs war gar nicht traurig, dass er die Quadrille verpasste und ließ sich lieber von Inas Kindern mit Möhren füttern. Björn stand dabei und machte ebenfalls keinen unglücklichen Eindruck. Manchmal fühlte er sich einsam, hatte er Dana gestanden, verwitwet und mit einer erwachsenen Tochter, die längst aus dem Haus war.

Natürlich stand Ina noch unter Schock. Im Reiterstübchen brach es aus ihr heraus: „Ich weiß gar nicht, wieso Erwin das gemacht hat! Ich hätte auch nie gedacht, dass er ein Nazi ist. Wir haben zuhause nie über Politik gesprochen, da war immer alles schön. Er hat ein richtiges Doppelleben geführt. Wir hatten früher auch ausländische Freunde, aber als wir nach Meisenwald gezogen sind, hörte das auf. Erst ging die Firma pleite, die Erwin mit seinem Bruder zusammen hatte. Diese Oxy-Dinger wollte wohl keiner kaufen. Und dann mussten wir uns ja auch ganz neu orientieren, wir kannten hier ja keinen. Zum Glück war Erwin ein guter Handwerker, so konnte er sich hier einen Kundenstamm aufbauen. Aber trotzdem. Nie hätte ich das von ihm gedacht. Nie." Die hübsche Frau putzte sich dröhnend die Nase. Ihrer Schönheit tat das keinen Abbruch.

„Björn hat mir einen guten Scheidungsanwalt empfohlen. Zum Glück kann ich jetzt die Kinder umtaufen lassen, ich fand die Namen ja gar nicht schön. Aber Erwin war damit so glücklich, da hab ich ihm seinen Willen gelassen. Wie bei so vielen Dingen eigentlich." Entschlossen sah sie auf. „Aber die Zeiten sind vorbei! Ab sofort nehme ich mein Leben selbst in die Hand! Was haltet ihr von Else, Finn und Mio?"

Die Anwesenden sahen sich unsicher an. Mit Pferdenamen kannten sie sich besser aus. Obwohl … „Ich würde vielleicht lieber Elsa nehmen. Außer du möchtest Björns Pferd als Patentante", antwortete Dana ungewohnt diplomatisch.

Bei den Minishetties hatte es wieder mal Beziehungsstress gegeben. Als Blacky vom Weihnachtsmarkt zurückkehrte, bekam er von Bella den Abriss seines Lebens. Zu sagen, sie wäre *not amused* gewesen, war die Untertreibung des Jahrhunderts.

„Wir wollen ins ganz große Verbrechen aufsteigen und nicht Hilfssheriff werden!", hörten wir ihre böse kleine Stimme von draußen gellen und sahen uns in unseren Boxen beunruhigt an.

„Meint ihr, sie kommt hier rein?", fragte Faxe. Das spanische Mähnenwunder verstand nicht, worum es ging und musste erstmal darüber aufgeklärt werden, dass Bella zwar zuckersüß und winzigklein war, aber dafür ein Minishetty, was bedeutete, dass sie überall hin kam, wo sie hin wollte und, was noch schlimmer war: wenn sie erstmal dort war, konnte sie auch tun, was sie wollte. Kleine bewegliche Ziele mit vielen kleinen Zähnen sind nämlich eigentlich keine Ziele, sondern die Ausgeburt des Bösen. Zwar mit Bambi-Blick, aber trotzdem. Das alles setzten wir ihm auseinander und waren erleichtert, als sich der Trubel draußen legte. Blacky kam wenig später nochmal vorbei, um sich an unseren Futterschüsseln zu stärken, die bereits fürs Frühstück vorbereitet waren, bevor er sich auf den nächtlichen Heimweg zum Nachbarhof machte. Denn natürlich ist so eine Müslischale mit Deckel kein ernstzunehmender Gegner für ein Minishetty.

„Kein Mitleid mit dem Seriendieb", der Meinung war auch Faxe.

„Wieso Seriendieb?", fragte Else erstaunt.

„Blacky war doch jeden Tag in Meisenwald, um auf dem

Weihnachtsmarkt Sachen zu klauen", erklärte Faxe.

„Ich wusste das auch", schob ich schnell nach. „Und außerdem wusste ich, wer der Mörder ist. Ätschibätschi."

„Das weiß doch jeder, dass es Erwin war", bügelte mich Faxe ab.

„Jetzt ja. Aber ich wusste es als Erster! Stimmts, Assistent?" Fragend sah ich den Lutschi an, der mich unintelligent durch seine Stirnfransen anblinzelte. „Es war ja nicht zu übersehen, wie krankhaft eifersüchtig Erwin war. Da musste ich nur noch eins und eins zusammenzählen und voilà!"

„Es geht doch nichts über ein crime passionelle", fand Else. „Von wegen scherscheh la famm und so."

„Olé", sagte das spanische Mähnenwunder, um auch etwas zur Unterhaltung beizutragen.

„Aber Ina war es doch gar nicht?", meinte Blondie irritiert.

„Nein, aber alles ist wegen Ina passiert. Glühende Leidenschaft und du bist ihr Zentrum", schmachtete ihn Else ungeniert an.

„Else, hier sind auch Minderjährige", rief ich sie zur Ordnung.

Soviel zu den Minishetties. Rechtzeitig zur Quadrille hatten sie sich wieder versöhnt und waren als heilige zwei Könige herausgeputzt worden. So fiel es nicht auf, wenn sie sich selbständig machten und Handtaschen durchwühlten. Alle lachten und dachten, es gehöre zum Programm.

Guntram und Dana beobachteten die niedlichen Zwerge amüsiert.

„Du wolltest mir doch noch was über den Seriendieb sagen?", erinnerte sich Dana.

„Vielleicht später", antwortete Guntram und sah zu, wie Blacky und Bella einträchtig die Weihnachtsdeko fraßen.

Ende

DANKE

Dieses Buch wäre ohne die Hilfe vieler lieber Menschen gar nicht erst entstanden. Vielen Dank euch allen, die immer wieder nachgefragt haben, wann denn das nächste Buch kommt! Und danke, liebe Testleserinnen, für eure Zeit und euer Feedback! Ganz besonderer Dank gebührt der lieben Carina und der lieben Brigitte für Geduld und Tipps. Den Freunden aus dem Blaulichtmilieu wieder ein herzliches Dankeschön – für gute Ratschläge und dafür, dass ihr nicht beleidigt seid, wenn ich sie ignoriere. Und natürlich danke, liebe Leserin, lieber Leser, dass du bis hierhin durchgehalten hast! Ich hoffe, dir hat das Lesen mindestens genauso viel Spaß gemacht wie mir das Schreiben.